Maestros de la Narrativa Hispánica

Rosa Chacel

Memorias de Leticia Valle

INTRODUCCIÓN
LUIS ANTONIO DE VILLENA

SEMBLANZA BIOGRÁFICA
ALBERTO COUSTÉ

Círculo de Lectores

Sobrecubierta: Yzquierdo

Círculo de Lectores, S.A.
Valencia 334. 08009 Barcelona
1 3 5 7 9 8 8 0 3 8 6 4 2

Licencia editorial para Círculo de Lectores
por cortesía de la autora.
Está prohibida la venta de este libro a personas que no
pertenezcan a Círculo de Lectores.

Depósito legal: B. 1647-1988
Fotocomposición: gama, s.a.
Arístides Maillol, 3, 1° 1ª 08028 Barcelona
Impresión y encuadernación, Printer industria gráfica, s.a.
N. II, Cuatro caminos s / n, 08620 Sant Vicenç dels Horts
Barcelona, 1988. Printed in Spain

ISBN 84-226-2456-7

N.° 38760

INTRODUCCIÓN

Hay dos maneras básicas de novelar, respecto al tratamiento del discurso narrativo. Una pone la tilde, el énfasis, en la materia del relato, la otra en el entramado psicológico que lo sostiene. De forma que, muy sucintamente, surgen de tal dicotomía dos tipos también de novelas: llena de acción y de acontecimientos la primera, y otra segunda que da vueltas y se demora en muy pocos sucesos. Cierto que en ambas (si son buenas) la calidad literaria, el uso de la lengua, la *literaturidad*, será igualmente fundada, produciendo, sin embargo, reacciones por lo general diversas en el lector, y hasta creando –cuando los gustos son muy encontrados– dos tipos diversos de lectores. De unas novelas interesa el vértigo, los conflictos, la trama, los enredos. En otras, el porqué de cada movimiento, la indagación en los motivos de cada suceso –habitualmente escasos– o en el alma de los personajes. Balzac o Galdós (por referirme a ejemplos muy claros y valiosos) están en el primer grupo de creadores; Henry James o el peculiar Unamuno de las *nivolas*, en el otro.

Rosa Chacel –que se maravilló, siendo muy joven, leyendo *El retrato del artista adolescente* de Joyce– pertenece, obviamente, a ese segundo grupo. Lo aviso, abriendo, porque el asunto no me parece baladí: la obra de Chacel (toda su obra), que nunca ha intentado ser voluntariamente *difícil* –y que no lo es, en el sentido formal–, sí se ha propuesto siempre la descripción, el análisis puntual de los mundos interiores. Rosa lo ha dicho a menudo: a ella las *anécdotas* no le interesan, y lo que entonces hace como novelista –orteguianamente– es pasarlas a *categoría*, elucidando el conflicto que se mueve por dentro. Pasiones tormentosas que, sin embargo, parecen apenas quebrar el cristal de la realidad exterior. Con lo que nos encontraríamos –resumiendo términos– que Rosa Chacel es una narradora *realista* para la cual lo que suele llamarse *realidad* apenas tiene importancia; una ficcionista erótica (prácticamente toda su obra versa sobre el amor) que nunca condesciende a escenas amorosas epidérmicas, ni mucho menos *pornográficas*, aunque a veces sus temas rocen psicológicamente la pornografía. Rosa Chacel es, pues, una novelista *anímica*, intelectiva (aunque nada tenga que ver con lo que se dio en llamar *novela intelectual*, llena de digresiones ensayísticas), y ello le viene todo de su claro sentido del *clasicismo*, tan riguroso que llega a ser casi *neoclásico*.

Recuerdo que una vez me contó Rosa de dónde procedía, remotamente, este afán que siempre se ha impuesto a sí misma. Siendo muchachita entró a estudiar escultura en la Escuela de Artes y Oficios de Madrid, y nada más entrar, en el vestíbulo de la institución, la sorprendió y encandiló (ella llega casi a hablar de una experiencia mística, de un transporte anímico) la enorme reproducción que allí había de un Apolo clásico. No sé por qué yo me he imaginado siempre –al oírselo– uno de esos pulidísimos y grandiosos mármoles de Cánova. El caso es que a partir de esa experiencia (concretada en visión) Rosa afirma que *profesó* en el clasicismo. (La íntima vivencia está expresada en un poema de sus *Versos prohibidos*, titulado *Apolo*, y que culmina: *Sobre mí, solo eterno/tu mandato de Luz, Verdad y Forma.*)

Rosa Chacel fue tan firme seguidora del precepto apolíneo, que abandonó la escultura y posteriormente el verso –salvo ocasionales excepciones– porque entendía que en aquellos años de su formación y juventud y en aquellas artes –recordemos que eran los días del ardor vanguardista– no se podía ser *clásico.* Pero ¿y en la novela?

La novela, desde siempre, ha sido un género atípico. Un género que no codificaban las preceptivas. Por otro lado la novela ha propendido habitualmente a la dispersión o a la acumulación –a textos casi contrapuestos o desde luego muy varios se les ha llamado *novela*–, por lo que bien era posible dedicarse a ella, clásicamente, aceptando, pese a ello, la *fragmentación* íntima que toda contemporaneidad supone. Así es que Rosa Chacel podía ser novelista, eso sí, pero debía aceptar al novelar –por Apolo– que las pasiones vulgares no interesan, que sólo apetece la altura; que el sentimiento más franco debe estar velado, contenido o exaltado por la inteligencia, y que es ésta, asimismo, la que debe presidir nuestro interés por las acciones y por los seres, con lo que en realidad todo relato se metamorfosea en psicologismo. Aspirando siempre a la *Luz, Verdad y Forma*, que no son sólo –valga la aparente redundancia– palabras formales. Dicho lo cual, a nadie deberá chocar ya mi afirmación de que *Memorias de Leticia Valle* –acaso el libro más nombrado y típico de su autora, que cuenta incluso con una versión cinematográfica– es una novela psicológica sobre la educación y sobre el amor, o si ustedes lo prefieren sobre el erotismo, situado en un ejemplo excepcional.

Pero quizá vengan bien –antes de entrar en la materia misma– algunos datos situacionales. *Memorias de Leticia Valle* es cronológicamente la tercera novela de Rosa Chacel, y la primera que comenzó a escribir tras salir de España, poco después del inicio de la Guerra Civil, y en lo que sería la apertura de un largo exilio, que duró hasta 1972, exactamente. Ambas cosas –lo veremos ahora– se notan en *Memorias de Leticia Valle.* La primera en que la novela que nos ocupa es una obra redonda, muy lograda, la que suele demostrar el inicio de una madurez. En cierta manera, Rosa, que no fue una escritora precoz, sí fue siempre *madura.* Pero su primera novela, *Estación. Ida y vuelta* (1930), es como el embrión de toda su obra futura, y *Teresa*, publicada al filo mismo de nuestra contienda bélica, siendo como es obra de envergadura, no tiene la *redondez*, el exacto equilibrio –clásico, por qué no– que define a *Memorias de Leticia Valle*, preámbulo del momento en que Chacel iniciaría su obra narrativa de mayor empeño, logro y abundancia, *La sinrazón* (1960), tan vislumbrable desde la primera novela.

Memorias de Leticia Valle fue iniciada por su autora en París, en 1938 (y ya entonces entregó un capítulo a Victoria Ocampo para que ésta lo publicara en su revista *Sur*, de Buenos Aires), pero los avatares y dificultades del exilio –y acaso la propia exigencia de Rosa– hicieron que el libro se fuera realizando muy poco a poco, corrigiendo algo, hasta concluirse en los años cincuenta, viendo la luz su primera edición, en aquel mismo Buenos Aires del primer capítulo, en 1954. He dicho que es la primera novela del exilio de la autora, y ello no se nota (como nada en Chacel) en una nostalgia *externa*, sino en un cierto paladeo y regodeo, muy íntimo, con que la escritora rememora el mundo, ciertas viejas costumbres, el *aire* español, de una Valladolid remota. Y quizá no sea casualidad, tampoco, que la novela que transcurre toda ella en tierras vallisoletanas concluya en Suiza, como signo acaso de la propia extraterritorialidad de la escritora. Rosa me contó una vez lo que podía haber sido el más lejano –lejanísimo– origen de esta novela. Siendo muy joven conoció en Valladolid a un maestro rural (al parecer con cierta prestancia y bien parecido) que en un pequeño pueblo de la provincia había tenido problemas por seducir a una niña. Rosa (que algo después leería una novela de Dostoievski de similar tema, creo que *Memorias de un loco*) se dijo entonces que ella haría algún día lo contrario: la novela en la que una niña –en buena medida extraordinaria– seduce a un adulto.

Pero adelanté que *Memorias de Leticia Valle* es una novela sobre el amor y sobre el aprendizaje. Creo que no sería exagerado incluirla en lo que los alemanes llamaron *bildungsroman* (novela de una formación), cuyo ejemplo más clásico es el *Wilhem Meister* de Goethe, o *Demian* de Hermann Hesse, si queremos llegar a un ámbito más contemporáneo. La novela de formación o de aprendizaje cuenta la iniciación al mundo, las primeras experiencias decisivas y los primeros amores o desengaños de un hombre joven. Cuenta, en fin, cómo se accede –a veces de forma dura y ardua– a la madurez.

Pensándolo a vuelapluma no se me ocurre ninguna *bildungsroman* en la que el que *aprende* no sea un joven, sino una muchacha. Lo que nos llevará a otro de los caracteres básicos de *Memorias de Leticia Valle*, su *feminismo* (palabra que no le gusta nada a Rosa Chacel) o su femineidad. Leticia es una muchachita, una niña precozmente adulta (mentalmente adulta) que lucha además por serlo. Uno de los temas de la novela será por tanto éste: cómo una mocita se empeña, contra los restos de su infancia y contra lo que los demás puedan pensar de ella, en abandonar el estado infantil. En un momento dado llega a decirlo con dureza: *Nunca me cansaré de decir el asco que me da esta enfermedad que es la infancia*. Leticia lucha por alcanzar *definitivamente* la madurez, pero en realidad siempre ha tenido en ella el germen. Se trata de una niña que tiene una casi absoluta memoria de lo que han sido sus primerísimos años de vida (tiempo que casi todos olvidamos), y esa solidez de memoria es signo inequívoco no de una madurez precoz, sino de algo similar a una madurez innata. Curiosamente Rosa Chacel es uno de los pocos escritores que se ha atrevido (o ha sido capaz) de redactar un libro de memorias sobre los diez primeros años de su vida. Hablo del volumen *Desde el amanecer* (1972), subtitulado *Autobiografía de mis primeros diez años*. Esa Rosa, personaje fuerte y ultraconsciente, que tiene tan claro lo que apetece en su vida, esa misma es Leticia. Una niña dura, absolutamente alejada de lo cursi, que sufre cuando su naturaleza infantil –postergada– le juega un mal paso y ella nota que *retrocede* en su formación.

En una *novela-aprendizaje* hay otros dos ingredientes fundamentales. Uno es la introspección, la mirada hacia dentro; el otro una serie de sucesos –en el caso que nos ocupa contados un tanto dispersamente– que constituyen los hitos básicos de tal aprendizaje. Dije ya que las novelas de Rosa Chacel pertenecen al mundo de la narrativa psicológica, lo cual se acusa más cuando, en busca de su madurez, la protagonista tiene continuamente que dar vueltas en su cabeza a cuanto le rodea, desde el estricto y mortecino ámbito familiar, a cuantos sucesos y encuentros le van acaeciendo. De ahí que *Memorias de Leticia Valle* sea una novela de ritmo lento, pausado, suavemente moroso, aunque de tan perfecta estructura global, que en realidad el lector nunca puede llegar a percibir esa *morosidad* como nada parecido a un defecto, sino como el clima mismo y necesario del relato: esas reflexiones continuas de Leticia, que, deseosa de aprender, va cuestionando cuanto se le pone por delante. He hablado también de una serie de *encuentros* fundamentales. Toda novela-aprendizaje los tiene. Uno de los básicos será el encuentro con el archivero (la acción de la novela se desarrolla esencialmente en Simancas), que lo es con la suma madurez, que de alguna manera desencadenará el amor. Sobre ello habremos de volver más. Otro tópico encuentro es con el *mal*, y Leticia lo tiene cuando contempla desde un puente cómo una muchacha, a su lado, va tirando al río unos perritos recién nacidos para que se ahoguen. La práctica es (o era) frecuente. Pero las circunstancias ambientales, el ver aquellos animalillos que luchan antes de ser arrastrados por la corriente –y la propia mirada culpable de la muchacha que los arrojó– crean esa sensación de que la vida posee también, y acaso ampliamente, un lado oscuro. Era en primavera y hacía frío. Pero Leticia comentará: *No sentí más el frío, mi cuerpo estaba mucho más frío que el ambiente*. Aún podríamos rastrear más encuentros arquetípicos, como aquel en que, al descubrir que su padre solitariamente se emborracha, Leticia siente crecer en ella la madurez, porque –acaso por vez primera– puede sentirse superior a él.

Antes he hablado de feminismo. El asunto es básico, porque para muchas lectoras quizá *Memorias de Leticia Valle* sea una novela *feminista*, pero ello muy lejos de cualquier interpretación excesivamente hodierna o actual del término. Y en primer lugar porque el feminismo de Leticia es plural y hasta contrapuesto. En su afán de aprender, de ser madura, Leticia se va encontrando (hasta el punto cenital de la novela) con mujeres. De las que siempre aprende algo, pero a las que siempre abandona, quizá precisamente por ser mujeres. Sus tías y su abuela no le interesan, son seres apagados. Pero se fascinará por una profesora, en Valladolid, amiga de su padre, que representa para ella la femineidad consciente, progresista, y atractiva al mismo tiempo. Encuentra luego a la maestra de Simancas, sencilla, hacendosa y buena; de ella aprenderá también –costura entre otras cosas–, pero concluirá apartándose porque la maestra es demasiado *mujercita* (el subrayado es mío), demasiado sumisa, y no en exceso inteligente: quizá lo que pudieran apetecer muchos hombres –de hecho ella educa a las futuras esposas– pero en cualquier caso una *mujer* que va contra la mujer que Leticia sueña. Mujer (niña) que le atrae en la imagen de su prima Adriana, sensible y cosmopolita, además de guapa; y que se encarna, contradictoriamente, en Luisa, la mujer del archivero, a la que Leticia acude para tomar clases de música. Luisa –una mujer joven– será para Leticia una figura compleja y llena de contrastes. Es una mujer *como todas*, puesto que, además de atender a su marido y a sus hijos pequeños, cuida de la casa y la cocina no parece ofrecerle secretos. Sin embargo, esta ama de casa ejemplar es bella, sabe aparecer en los momentos oportunos cuidada y ornada de mundanidad, y además toca el piano, se interesa en la música y es sensible. Luisa no tiene el aire casi lésbico que adivinamos en la profesora vallisoletana, pero es el punto máximo en que Leticia puede situar a una mujer. Un punto, digámoslo, no demasiado cimero. Puesto que Leticia (que adora y llega a preterir a Luisa) se ha dado cuenta antes de que accederá al verdadero mundo de la mujer, al lugar en que ésta alcanzará su plenitud propia, abandonando ese mundo de la mujer, ya que los hombres y su entorno son (o han sido hechos por la cultura) superiores. Leticia anhela el mundo de los hombres –que descubre durante una cena de Nochebuena– porque en él se cumple (no sabe si imposiblemente) una femineidad diferente y madura. Es decir, la mujer perfecta –intuye Leticia– tendría que ser un hombre. Muy al principio lo ha sentido de manera contundente: *Entonces sentí un asco de ser mujer que me quitó la fe hasta para llorar.* El feminismo de Rosa Chacel –que es el de Leticia– se mueve así en dos esferas, sólo aparentemente antagónicas. Seducción por la mujer realizada como mujer, y afán de ser –culturalmente– igual que un hombre. Esto debe llevarnos a otra cuestión apuntada. ¿Es autobiográfica *Memorias de Leticia Valle*? Argumentalmente no, por supuesto. Pero caracteriológicamente sí, ya que Leticia es sentida, en muchos momentos, como un claro trasunto –en cuanto a personalidad– de la autora. Desde su fuerza y su madurez, hasta su deseo de encontrar la mejor femineidad en la inteligente hombría. Añadiendo, naturalmente, los muchos recuerdos que la novela atesora del ambiente de la patria chica de Chacel, y que son deliciosamente evocados quizá –como apunté– con el reforzamiento añorante del exilio.

Memorias de Leticia Valle es una novela psicológica por el entramado de sus personajes –por ejemplo la relación de cercanía y celos entre Daniel, Luisa y la niña–, pero el punto culminante de ese psicologismo, y también de la *novela-aprendizaje*, ocurre cuando el amor (el otro gran tema del libro) entra en escena. He insinuado ya que el colmo de la madurez que apetece a Leticia está en el hombre. Así que nada de bizarro hay en que la muchachita quede en seguida encandilada por don Daniel, el archivero de Simancas, que no sólo es un hombre físicamente atractivo (maduro) sino además culto –más allá de la cultura de la mujer– y cosmopolita. Con la presencia de Daniel (que se ofrece a dar clases a la aventajada niña) Leticia parece abandonar para siempre el orbe femenino, para entrar –puesto que quiere conquistar el puesto de enfrente– en el resbaladizo terreno de la seducción.

Leticia iniciará un lento proceso para seducir a Daniel, e irá hallando en la visible turbación erótica y emocional del hombre maduro (en las tribulaciones de su rostro) una suerte de exquisito y semiinconsciente placer. Claro que la seducción nos es narrada de una manera elíptica, quizá como el clasicismo demanda al caso. Nadie piense, pues, en escenas truculentas. Todas las muchas imágenes de esta seducción toman corporeidad desde el prisma de lo mental. En cuanto a elipsis –un rasgo muy moderno de la narrativa– *Memorias de Leticia Valle* se emparenta con una excepcional novela del polaco Witold Gombrowicz, *La seducción* (1960), que en su título original se llama *Pornografía*. Todo es allí mental y masculino. Bien que en lo referente a tema (aunque también la de Gombrowicz sea la fascinación del adulto por el joven) la novela de Rosa Chacel es precedente clarísimo de la quizá más famosa obra de Vladimir Nabokov, *Lolita* (1959), anticipada por el mismo autor en un texto que permaneció inédito hasta después de su muerte, *El hechicero*, escrito en París en 1939. En ambas novelas una nínfula (en *Lolita* más complicadamente) seduce a un adulto, y, como en *Memorias de Leticia Valle*, le lleva a su perdición, a la caída. Sin embargo hay una diferencia muy notable: las niñas de Nabokov son nínfulas, seres atractivos y perversamente inteligentes, pero nunca *maduras*. Leticia, mucho menos frívola, causa el desastre con su seducción porque quiere aprender, porque desea desde su madurez ser más madura, aunque su edad, su pubertad, concluya desbordándola. El amor en *Memorias de Leticia Valle* es por tanto ambiguo y resbaladizo. Ambiguo porque parte de un apetito de inteligencia aunque ataña –y aun destruya– a los sentidos. Y resbaladizo porque de alguna manera (aunque no sea su único prisma, ni mucho menos) nos pone en contacto con uno de los temas más tabuizados y también más constantes en la erótica: la fascinación que el menor ejerce sobre el adulto, y la no necesaria inocencia del primero. Naturalmente sería asunto para muchas más páginas.

Pero no he de terminar sin dos notas características de esta novela y del quehacer chaceliano. La primera tiene que ver con su aura cosmopolita. *Memorias de Leticia Valle* es, en sus escenarios, una novela *provinciana*, pero nada más lejos de su ámbito que tal palabra. A mil leguas de esas novelas *costumbristas* o *campesinistas* que tiñeron de polvo rural algunas buenas obras de nuestro XIX, en *Memorias de Leticia Valle* la provincia es vista en su realidad natural –puesto que se describe su vida y hasta alguno de sus hábitos– pero sin complejos. Los personajes (ni siquiera las anodinas tías) nunca pueden ser tachados de provincianos, y algo así como un *buen tono* burgués (tono de espíritus cultivados en lo hondo) es lo que preside el relato. Siempre fuera del tópico folklórico del apartado rincón, y, sin embargo, con toda la magia de un terruño que no se contrapone al mundo.

La segunda nota anunciada se relaciona con el idioma. Sin duda hay muchos escritores que manejan muy bien el castellano, pero en pocos como en Rosa Chacel esta lengua está utilizada con tan sencillo rigor. Sentimos en todo momento que la escritora está manejando *su* lengua; y ésta, sin estridencias, fluye con elegancia, y con justeza, cual si lo que nos dice (que no busca fulgores gratuitos) no pudiera decirse de ninguna otra manera. La naturalidad precisa en el uso del idioma es anotada por Leticia cuando descubre en una rima improcedente de Zorrilla lo que evidentemente era un defecto de dicción.

Se conoce que cuando era pequeño –dice– *le dejaban en su casa decir «magnituz», como dice en Valladolid la gente poco educada; a mí eso me resulta intolerable y me costó un trabajo atroz disimular la cojera de esa rima.*

Una vez más la apolínea Leticia coincide en modo y temperamento con la apolínea Rosa Chacel.

Y acabo. *Memorias de Leticia Valle* es –lo adelanté– una novela redonda, una novela rica en temas y preguntas (sin que éstos se conviertan en discursos), y el inicio perfecto para adentrarse en el mundo de una escritora que, estando ya en la categoría de los *clásicos*, acaso no ha conseguido aún la amplia audiencia lectora a la que todo gran escritor –aunque sea elitista– está predestinado.

LUIS ANTONIO DE VILLENA
Septiembre, 1987

MEMORIAS DE LETICIA VALLE

El día 10 de marzo cumpliré doce años. No sé por qué, hace ya varios días que no puedo pensar en otra cosa. ¿Qué me importa cumplir doce años o cincuenta? Creo que pienso en ello porque, si no, ¿en qué voy a pensar?

En todo lo de antes no pienso; lo veo dentro de mí; cada uno de mis minutos es uno de aquéllos, pero pensar, cuando me pongo a pensar, sólo se me ocurre: el día 10 de marzo cumpliré doce años. Y es que, pensando, me pregunto: ¿qué va a suceder? Y no va a suceder nada. Solamente que seguirán pasando los días hasta que llegue el 10 de marzo, y ese día, sí, ya sé lo que pasará. Luego volverán a pasar otros sin nada más.

Cuando quiero decirme a mí misma algo de todo lo que sucedió, sólo se me ocurre la frase de mi padre: «¡Es inaudito, es inaudito!». Me parece verle en su rincón, metido en su butaca, cogiéndose la frente con la mano y repitiéndola, y yo, desde el mío, diciéndole sin decirle: «Eso es lo que yo estaba queriendo decirte siempre. Yo no sabía decir que todo lo mío era inaudito, pero procuraba dártelo a entender, y tú de todo decías que no tenía nada de particular. Claro que si ahora lo que ha pasado te parece inaudito es porque sigues creyendo que anteriormente nada tenía nada de particular».

Pero ¿a qué conduce este discutir? Estamos muy lejos, como siempre estuvimos, con la diferencia de que ahora la distancia es una ventaja para mí: me aísla, es mi propiedad y no siento aquel deseo de explicaciones. Antes, cuando hablaba de mis cosas, era como pidiendo que me defendiesen de ellas. Ahora, las peores ya no me dan miedo: me atrevo a repetirlas aquí, las escribiré para que no se borren jamás en mi memoria. Y no por consolarme: necesito mirarme al espejo en ellas y verme rodeada de todas las cosas que he adorado, de todas las cosas de que me han separado, como si ellas me hubiesen hecho daño. Aquí ya no pueden quitármelas, ni ellas pueden irse; aquí serán como yo quiera, no pueden nada contra mí, como tampoco pueden estas otras que están de veras a mi alrededor; las veo, pero me niego a creerlas.

Con todo, me pasa lo que con la rama de hiedra que llega al marco de mi ventana. Cuando la miro de refilón y la veo asomarse al cristal, me parece una lagartija que va a escaparse si me acerco. Sin embargo, no es lo que parece; no puede huir ni estremecerse, aunque pegue en el cristal con los nudillos, pero a pesar de eso me gusta creer que es mi compañera. Su vida es tan lenta; aún más que las manecillas del reloj que tantas veces he pasado horas queriendo ver avanzar. Aquí es ella la que va a medir mi tiempo. Cuando la miro, como cuando la olvido o cuando duermo, ella va avanzando; ahora llega aproximadamente a la altura del nudo más grande de la madera y sé que para el diez de marzo habrá crecido un palmo o acaso más.

Menos aún no se notará lo que pueda crecer yo de aquí a entonces. Adriana me dice que muy pronto, pues ya estamos finalizando octubre, esas vertientes se cubrirán de nieve y esquiaremos, que de un momento a otro llegará su profesor y daremos clase de música en el gabinete de su madre, que tengo que aprender de prisa el alemán para poder seguir los estudios con ella. No aprenderé el alemán, ni esquiaré, ni estudiaré nada. No iré por ese camino que me marcan, no seguiré a ese paso; iré en otro sentido, hacia arriba o hacia abajo, me escaparé por donde pueda y no se darán cuenta. Me verán todos los días con los pies quietos en el mismo sitio, pero no estaré aquí: iré hacia atrás; es lo único que puedo hacer. Esto, ¿cómo van ellos a comprenderlo? No haré nada que sobresalga, no me verán mover ni una mano; volveré hacia dentro todas mis fuerzas, echaré a correr hacia atrás hasta quedarme sin aliento, hasta llegar al final, hasta perderme. Luego volveré hasta aquí y retrocederé otra vez.

No, aquí mismo no llegaré nunca. Me parece más fácil llegar hasta allá, hasta el principio. Todo lo demás, lo que está a la derecha o a la izquierda, puedo tomarlo o dejarlo, y no tomaré más que lo que verdaderamente quiera. No lo que quiera por capricho; lo que quiera con mi corazón, lo que quiera con ese querer que viene desde el principio; desde Dios, debe ser, porque Dios es principio y fin de todas las cosas. Aún no sé lo suficiente para pensar esto por cuenta propia y, sin embargo, hace ya mucho tiempo, cuando no sabía absolutamente nada, ya lo pensaba. Siempre lo sentí así. Cuando rezo, sobre todo cuando rezo a oscuras, cuando me vuelvo de cara a la pared en la cama y tanteo la oscuridad con los ojos y los giro en todos sentidos y no veo nada; hasta que no estoy convencida de que no veo nada, tampoco puedo pensar en nada. A veces llego a dudar si tengo los ojos abiertos o cerrados y me toco con la punta del dedo, despacio, con mucho cuidado, como si fuese a sorprender a un ojo que no fuese mío, y cuando toco el ángulo del ojo entre las pestañas, y me convenzo de que está abierto, entonces estoy segura de que no se ve nada y paso un momento de una angustia horrible, pero al fin puedo empezar a rezar el padrenuestro.

Tengo tal necesidad de pensar por cuenta propia, que cuando no puedo hacerlo, cuando tengo que conformarme con alguna opinión que no arranca de mí, la acojo con tanta indiferencia que parezco un ser sin sentimientos. Esto me atormenta más que nunca cuando quiero hacerme una idea de cómo sería mi madre. Cuando era pequeña, oía hablar de ella y me decía a mí misma: No, no era así, yo recuerdo otra cosa, pero ¿qué es lo que yo recordaba? Nada, claro, nada que se pueda decir ni siquiera oscuramente. La verdad es que nunca pude recordar cómo era mi madre, pero recuerdo que yo estaba con ella en la cama, debía ser en el verano, y yo me despertaba y sentía que la piel de mi cara estaba enteramente pegada a su brazo, y la palma de mi mano pegada a su pecho. Por muchos años que pasen, no se me borrará este recuerdo, y puedo hundirme en él tan intensamente, sobre todo de un modo tan idéntico a cuando era realidad, que en vez de parecerme que cada vez lo miro más desde lejos me parece que, al contrario, algún día pasaré más allá de él. Ahora lo estudio, lo repaso; antes lo miraba, me pasaba horas contemplándolo.

Me parecía sentir precisamente un no sentir en algún sitio, un tener una parte mía como perdida, como ciega. Era como si estuviese pegada a algo que, aunque era igual que yo misma, era inmenso, era algo sin fin, algo tan grande, que sabía que no podría nunca recorrerlo entero, y entonces, aunque aquella sensación era deliciosa, sentía un deseo enorme de hacerla cambiar de sitio, de salir de ella, y me agarraba, tiraba de mí misma desde no sé dónde y me despegaba al fin. Recuerdo el ruido ligerísimo que hacía mi piel al despegarse de la de ella, como el rasgar de un papel de seda sumamente fino. Recuerdo cómo me quedaba un poco en el aire al incorporarme, y seguramente entonces la miraba y ella me miraría. Sí, sé que me miraría, me sonreiría, me diría algo; de esto ya no me acuerdo.

Es raro: si recuerdo lo que sentía, ¿por qué no recuerdo lo que veía? Yo creo que debe ser porque después he seguido viendo y viendo cosas; en cambio, no he sentido nunca más nada semejante a aquello.

Todo el mundo, todos más o menos, habrán sentido una cosa así, pero si la han sentido, ¿por qué no hablan de ello? Claro que yo tampoco he hablado nunca, pero cuando los otros hablan, yo busco entre sus palabras algo que deje traslucir que lo conocen, y nunca lo encuentro. Se ve que no han empezado por ahí; hablan de otras cosas. Hablan del amor de las madres, de cosas que hacen o que dejan de hacer, y yo siempre digo en mi fondo: el amor era aquello.

Sí, después, otros han hecho también cosas por mí, todos me han querido, se han sacrificado, como dicen, pero aquello otro nada tiene que ver con esto. Esto, aunque debe ser claro, ni lo entiendo ni quiero entenderlo. Aquello era como un agua, o como un cielo. ¡Se estaba tan bien allí! Y se quería salir para sentir mejor que se estaba.

Fuera de eso, no recuerdo nada bueno de aquellos años. Sólo la angustia de tener que aprender unas cosas para comprender otras, porque la gente, por lo regular, habla de un modo que al principio no sabe uno por dónde guiarse. Tan pronto dan a las cosas más misteriosas una explicación tonta, tan pronto las envuelven, las disfrazan con un misterio odioso.

Cuatro o cinco años me pasé oyendo, sin comprender, que mi padre había ido a África a hacerse matar por los moros. Yo comparaba lo grave que me resultaba aquello con la naturalidad con que lo decían, y no acertaba a casar las medidas. Entonces pensaba: o no es tan grave o es conveniente, y el no poder juzgar sobre esto no llegaba a inquietarme. Que mi padre quisiera morir, no me era imposible de comprender, pero que quisiera hacerse matar por los moros, ¿por qué? Además, ¿por qué lo decían con aquel misterio, con aquel dejo? Cuando yo preguntaba, era un alzarse de hombros, un mover de cabeza con lo que me respondían, y yo sentía vergüenza, no sé si por mi padre o si por mí, por no entender, por no dar en el quid de aquello que no querían explicarme. Llegaban los periódicos y yo miraba las caras de todos cuando leían las noticias y suspiraban con satisfacción porque no encontraban la que temíamos, pero después movían la cabeza como diciendo: nada, todavía no ha conseguido nada...

Yo vivía con la desazón de no entender aquello, y muchos ratos lo olvidaba, pero de pronto me venía a la cabeza y me sentía tan cerca, me parecía tan cierto ir a verlo claro de un momento a otro, que me ponía colorada. Pero entonces no era vergüenza, era emoción, era como si me asustase no sé de qué. Mi corazón daba un golpe terrible, se me extendía un calor por la frente que me nublaba los ojos, y aunque no conseguía ninguna idea clara ni nueva, sentía que había tocado la verdad. Lo que me repugnaba era precisamente la envoltura que le daban los otros y las explicaciones, siempre las explicaciones, alrededor de mi padre y mi madre. Siempre aquellas sentencias: «cuando de veras se quiere a alguien, se hace esto y no esto; el amor no es así, sino de este otro modo». Y yo sin poder más que decir dentro de mí, con toda mi desesperación y todo mi asco: ¡imbéciles, el amor era aquello!

Afortunadamente, yo pasaba la mayor parte del tiempo con mi tía Aurelia, que era la menos aficionada a hablar. Vivíamos puede decirse que solas, pues el ama y las criadas quedaban perdidas en la parte interior de la casa, y no venía a vernos casi nadie. Mi profesora, unas temporadas venía muy puntualmente todas las mañanas, otras se estaba varios días sin aparecer. Tanto ella como el médico decían que yo sabía demasiado y que me convenía más pasear que estudiar. Mi pobre tía me sacaba a pasear todos los días, y siempre, antes o después de nuestro paseo, nos deteníamos en casa de mi abuela. Allí era donde había grandes conversaciones alrededor de la camilla. Las tías se entretenían en hacer encaje de Irlanda, calados de Tenerife: tenían la habitación inundada de cestillos y bastidores. Yo me asfixiaba allí, y uno de los recursos que tenía para salir pronto era preguntar a mi abuela si tenía algún encargo que hacernos. Ella lo tomaba como si yo tuviese mucho empeño en complacerla y reservaba los encargos delicados para nosotras. Había que comprarle siempre cosas únicas en sitios rarísimos, o gastar varias horas en la explicación de algo que mandaba hacer a la medida. Mi tía era la que hacía el encargo, pero al tomarlo era yo la que tenía que atender, porque confiaban en mi memoria prodigiosa.

Me gustaba sobre todo tener que ir a la farmacia, porque mi abuela tenía viejas recetas que acostumbraba a tomar, y con todas sus exigencias y requisitos sólo querían servírselas en la farmacia militar. Allí íbamos mi tía y yo y teníamos que esperar incalculablemente hasta que se podía coger solo al boticario y explicarle que la vez anterior había estado demasiado, o demasiado poco, cargado de cualquier cosa. Entre tanto, yo me paseaba por el pasaje donde estaba la farmacia.

Es maravilloso ese tiempo que se pasa esperando; parece que uno no está en sí mismo, que está haciendo algo para otro, y, sin embargo, se está tan libre.

Aquel pasaje, a la entrada de la calle del Obispo, se torcía en el medio para salir a la de la Sierpe, y en el ángulo que formaba había una rotonda con montera de cristales, que tenía cuatro estatuas representando las estaciones, y en medio una de Mercurio. ¡Qué luz caía sobre aquella pequeña plaza encerrada! A cualquier hora, en cualquier época del año, había allí una luz que le hacía a uno comprender. Yo, desde allí, comprendía, no sé por qué, la Historia. La Historia que no me gustaba estudiar en los libros desde allí me parecía algo divino. Dando vueltas entre aquellas estatuas, bajo aquella luz, yo pensaba según fuese el día. Cuando era en verano, poco antes de las doce, el sol era terrible, era irritante, trágico. Yo pensaba entonces en los gladiadores que morían en el circo de Roma. Veía sobre todo aquellos que caían al pisar la red, veía los cuerpos arrastrados por la arena, y también algo leído no sé dónde: dos que morían a un tiempo, atravesándose mutuamente con sus espadas. Bajo aquel sol, bajo aquella luz desgarradora, veía siempre aquella escena: dos hombres desnudos que se mataban uno a otro al mismo tiempo. Cuando era la hora de la siesta, pensaba en cosas de América, pensaba en colibríes, en hamacas. Veía a una mujer vestida de blanco, dormida a la sombra de un cañaveral, con una mariposa negra posada en medio del pecho. Si era por la mañana temprano, pensaba en Grecia, sobre todo cuando el pasaje estaba recién regado y quedaban pequeños charcos con una frescura que era como una música; entonces pensaba sobre todo en Narciso. Otras veces, cuando llovía, pensaba en el Rey de la Cerveza. No sé por qué le llamaba así, ni sé de dónde había sacado aquel personaje, pero me encantaba. Cuando la luz era gris y se oía el ruido de la lluvia en la montera de cristales, yo lo veía sentado en un sillón de respaldo muy alto, con hojas de vid talladas en la madera. Estaba en una habitación inmensa con ventanas góticas, y en un rincón se veía un tonel precioso, con una panza tan perfecta que parecía vivo. ¡Pero él!... yo sabía cómo era en todos sus detalles. Iba vestido de terciopelo, no siempre del mismo color, pero siempre ribeteado de martas cibelinas. Sin eso no podía imaginarle. Bajaban las dos franjas de piel por sus hombros, y entre ellas se le veía el pecho maravillosamente sonrosado y anchísimo, con una camisa de encajes que le dejaba un escote cuadrado bajo la barba rubia. Entre los pelillos de su barba, su boca brillaba cuando se reía, y sobre todo cuando comía unos pescaditos fritos que cogía con las puntas de los dedos por la cabeza y la cola. En esta actitud es como más frecuentemente le imaginaba: sentado ante una gran mesa y comiendo uno de aquellos pescaditos. Los mordía en el lomo, iba quitándoles la carne con los dientes, y siempre yo veía el primer mordisco que era en el medio, como en la cintura del pez. Mientras lo comía, miraba al espacio con sus ojos azules que casi sonreían, no sé a quién, porque le veía siempre solo en aquella gran habitación. Otras veces estaba con las rodillas separadas y los pies juntos en un cojín, sentado junto al tonel, viendo caer de la espita un chorro dorado sobre un bock, y entornaba los ojos como un gato que se adormece.

No sé si a todas estas cosas que yo imaginaba en el pasaje se les puede llamar la Historia. El caso es que yo sentía que allí aprendía mucho. Porque en todas partes tenía estos ensueños, pero fuera de allí eran muy diferentes. Unos eran los que me acompañaban en las visitas, otros en la cama antes de dormirme, otros en la iglesia. Los de de las visitas eran, generalmente, alrededor de unos seres pequeñitos que veía de pronto, en algún mueble, en algún rincón donde yo sorprendía a veces como un ambiente a propósito para ellos. Mi tía me llevaba con frecuencia a casa de unas amigas suyas, dos hermanas solteras ya muy mayores; la más joven tocaba el piano y todas las tardes estudiaba un par de horas. Cuando nosotras llegábamos a su casa, ella seguía estudiando, y mientras mi tía hablaba con la otra en el gabinete, yo me estaba con ella, sentada en la alfombra, en un rincón, junto a la consola. Un día le pregunté qué era lo que tocaba, y me dijo que estaba repasando las fugas. Tocaba muy bien; su música era tan ligera, tan limpia. Yo no la atendía, pensaba en otra cosa mientras tanto, pero a veces se destacaba un trozo que se llevaba mi atención, causándome una sorpresa, un deslumbramiento, como cuando se está mirando al cielo distraídamente y de pronto corre una estrella.

Las cosas que yo pensaba en aquella sala eran todas como aquellas fugas, siempre cosas ligeras, transparentes. Por el asiento de una butaca forrada de peluche verde, veía correr un caballo blanco. Tenía la piel como de madreperla, los ojos negros, y echaba hacia atrás la melena con un movimiento de cabeza como el de una niña. Alguna vez vi que se paraba y se quitaba con la mano el mechón que le caía sobre la frente. Sí, con la mano, yo lo veía así. También veía entre las patas de la consola unas zonas brillantes en la madera negra, unos rincones oscuros, unos cambios de luz y de sombra que eran como un mundo negro iluminado por un sol negro. Por allí había siempre dos seres muy pequeños, blancos y transparentes como hadas, que se abrazaban y se querían mucho.

En todo esto que veía, yo no tomaba parte, aunque sentía todo género de sentimientos y como la atmósfera donde ocurría; en cambio, en las fantasías que pensaba en la iglesia me veía siempre a mí misma, transformada, haciendo cosas imposibles, pero enteramente yo.

En todas las iglesias de Valladolid tenía imágenes y rincones queridos, pero en San Sebastián estaba el Cristo yacente en la urna, dormido sobre el cojín blanco bordado de oro. Nunca pude rezarle, no me gustan las oraciones; únicamente el padrenuestro y ése no es a Cristo. Yo me arrodillaba allí y hacía por acercarme a Él, nada más; era un esfuerzo enorme de toda mi imaginación el que hacía. Salía de mí misma, vivía, respiraba el aire que corría entre aquellos cristales que le guardaban, veía el brillo de sus ojos entre los párpados medio cerrados, los extremos de su boca por donde parecía que escurría algo como un aroma.

Mi sitio habitual en el altar era la mitad del escalón que quedaba a la cabecera, pero no siempre conseguía entrar verdaderamente en la urna. Siempre me lo imaginaba, siempre me concentraba en la idea de que andaba por allí dentro, de que me encogía para caber en el pequeño espacio que quedaba al lado de su cuerpo, pero algunas veces no era imaginar: enteramente, con mis cinco sentidos, entraba allí. Entonces veía aquellas sombras moradas alrededor de sus ojos, en sus mejillas, en sus sienes, como si se moviesen. Ya no eran un tinte o un tono que tenía, ya no eran que era así, sino que eran como algo que aparecía, algo que pasaba por Él. Yo le sentía sufrirlo, hundía mis ojos en aquellas sombras de su agonía como en un agua oscura, profunda, que permaneciese agitada por los siglos de los siglos, y mi corazón se aceleraba pensando en aquella agitación sin fin, en aquella tortura que movía aquellas sombras como alas negras. Y entonces sentía la necesidad de descansar, de dormir viéndolas agitarse, de dejar caer mi cabeza sobre su pecho, mientras siguiesen aleteando.

Esto no era pensar, pienso ahora, para ver hasta dónde llegan mis recuerdos, pero entonces era otra cosa, enteramente otra cosa. Entonces no llamaba sombras a aquello que veía, ni me proponía estar en ninguna posición especial: me sentía allí, estaba allí, me abandonaba, me olvidaba allí, hasta que pasaba dentro de mí algo sólo comparable al fluir de las lágrimas. Algo lloraba dentro de mí, un hilo de llanto corría por un lugar que era como el escondrijo del alma, tan breve como un relámpago. Jamás hubiera confesado esto a nadie: era como un secreto terrible, aunque al mismo tiempo me enorgullecía, pero hubiera sido descubrir que yo no era una niña. Mucho antes de los siete años ya llevaba encima de mí ese secreto.

A los ocho decidieron llevarme al colegio de las Carmelitas para que tuviese trato con otras niñas, y allí fue donde mi secreto me resultó abrumador. Empecé a ver lo que eran las chicas.

A propósito de mí, mi familia se expresaba siempre con el mismo misterio que cuando hablaban de mi padre, como si supiesen lo que yo tenía dentro de mi cabeza y como si fuese algo tan tremendo que no se pudiese ni nombrar. Me mandaban allí como a curarme de algo: a que aprendiese a ser niña, decían. Pero cuando empecé a tratarlas me produjeron horror, horror y asco. Eran ellas las que estaban enfermas de su niñez; unas parecía que no podían nada; todo lo que intentaban les quedaba corto, como si no estuviesen enteramente despiertas; otras, al contrario, ya habían aprendido todo lo que tenían que aprender; las lecciones era lo de menos. ¡Aquel machacar ladrillos y repartirlos en porciones! En el recreo yo las veía jugar a hacer comiditas y hubiera querido pisotearlas. Sin embargo, me portaba bien con ellas; jamás reñí con ninguna; sólo las miraba hasta salírseme los ojos, pero ellas no sabían por qué.

Y aunque las miré tanto las he olvidado casi enteramente. Sólo se me destaca de entre ellas una que no olvidaré jamás. Aquella chica era la única que tenía como yo su secreto. Pero nunca hubiéramos podido unirlos. No tenía nada de común, no, Dios mío, no. ¿Cómo he podido creerlo más tarde? Esa idea no ha sido más que un deseo de castigo. Era la penitencia que me imponía a mí misma. Porque nos hayan podido juzgar iguales, porque el ama, que no es más que una vieja llena de resabios y malos sentimientos, me haya querido envolver en la misma palabra que a ella aquella monja, que era otra arpía, he podido yo creer alguna vez que había algo semejante. Pero ¿cómo puede ser? Yo les preguntaría a todos dónde está la semejanza. No lo comprenderé jamás. Y sin embargo me hiere, me enloquece recordar sus voces llenas de experiencia, diciendo aquello, escupiendo aquello.

Yo a la chica la despreciaba, me parecía bizca sin serlo. Todo en ella, sus posturas, su cuerpo, sus pies bizcaban. Se sentaba sobre los riñones, las piernas separadas, las puntas de los pies hacia adentro. En la hora de la labor se iba a un rincón y no daba una puntada: lamía la pared. Yo no sé qué maniobra hacía allí metida, pero eso lo vi claramente: lamía la pared, que estaba recubierta de tablas amarillentas barnizadas. Yo sentí tanto horror cuando vi aquello, que deseé con toda mi alma que nadie lo viese, pero sin duda las monjas se dieron cuenta y fue bien casual que tuviese yo que atravesar la galería cuando estaban echándole la reprimenda. La superiora la sacudía con sus frases como para despabilarla de su actitud entre adormilada y burlona, le dejaba caer encima todo el infierno con sus tormentos horrorosos. La monja de nuestra clase, que era muy dulce y muy instruida, no hacía más que lamentarse. Le pasaba la mano por la cabeza y repetía: «Yo quisiera que fueses una niña limpia y bonita». Y la otra, que seguramente era la que la había delatado, iba renqueando galería adelante, sin darse cuenta de que yo iba detrás de ella, y repetía a un lado y a otro: «¡Cuánta basura en este mundo, cuánta basura en este mundo!»...

Yo no era desinteresada en el dolor que me causaba esta palabra. La rechazaba por mí, aunque creyese que era por la otra. ¡Si entonces me hubieran dicho que tiempo después, en mi propia casa, casi en mi cara iba yo a ir por el pasillo e iba a tener que oír aquello, referido a mí misma, con un acento aún más bajo, con mayor desgarro! Porque el ama decía: «¡Cuánta basura hay en el mundo!», y su retintín parecía querer decir que si la dejaran a ella lo arreglaría de un escobazo. La monja no: decía en *este* mundo, como si sólo el otro pudiese estar limpio de ella.

¿Por qué exclamar lo mismo ante cosas tan diferentes? ¿Es que yo no entiendo lo que hago? ¿Es que podré llegar alguna vez a entender las cosas como los otros? Eso sería el mayor castigo que pudiera esperarme. Porque las gentes viven, comen, van y vienen, como si tal cosa, aunque vean el mundo con ese asco. Yo no: yo, si llego a verlo así, me moriré de él. Yo no quiero vivir ni un día más si voy hacia eso.

Pero ¿qué puedo temer si he decidido no ir a ningún sitio, volver hacia atrás y mirar todo sin que cambie nada?

Al colegio no fui más que unos meses y aquellos días a veces los confundo. Sólo tengo algunas señales para guiarme: algún traje que estrené en determinada fecha y que en otra ya no pude ponerme porque se me había quedado corto.

Cuando cambió todo fue a la vuelta de mi padre. Los días en que se supo que estaba herido se animó todo el mundo en las dos casas. Las noticias llegaban a la de mi abuela; mi tía y yo íbamos allí y parecía que unos y otros teníamos ya algo que hacer: esperarle, cuidarle luego.

¡Yo esperaba tanto de su llegada! Creía que él iba a explicarme, que él iba a estar cerca de mí en todo lo que me interesaba, que con mirarle sólo comprendería aquellos misterios, aquellos dramas que yo sabía que llevaba dentro. Pero no fue así, y no es que él se apartase, no; me quería mucho, quería tenerme siempre con él, pero no quería que le preguntase. Mi mirada, mi ansiedad, yo creo que le hacían daño. No tenía valor para recordar. No había conseguido que le matasen los moros, pero sí que matasen sus recuerdos.

Las peripecias de la campaña, sus sufrimientos en el hospital, la amputación, las curas horribles le daban ocasión de hablar incesantemente. Yo creo que hablaba tanto para que no hablasen los otros, es decir, para que no se hablase más que de lo que él quería.

Se había acostumbrado a tener a los pies a su vieja perra de caza, y quería que todos le escuchasen como ella, sin rechistar. La perra tendida delante de él, con el hocico sobre las patas, no se movía; sólo dirigía hacia él los ojos cuando la señalaba con el dedo. Porque la perra era uno de sus temas de conversación. A todo el que venía a verle le contaba la historia de su pobre perra, que al fin se había aclimatado al terreno seco porque era una *setter* muy fina y al principio creyó varias veces que se le moría en las carreteras polvorientas. Contaba cómo consiguió una vez arrastrarla hasta un charco, cómo la abandonó allí dándola por muerta y cómo ella le alcanzó al poco tiempo. Hablaba también de los chacales e imitaba su lloriqueo, que oía en el campamento por las noches. Porque los moros los cazaban con lazos y luego los agarraban por el pellejo del pescuezo y por la cola y los echaban por encima de las alambradas.

Así pasó el invierno. Mientras duró su convalecencia, estuvo siempre acompañado y entretenido. Luego empezó a salir y a decir que no podía soportar la ciudad. Él decía que era el clima, pero yo sé que era otra cosa. Decía que le era difícil cruzar las calles con muletas, que no sabía hacer nada sirviéndose de la mano izquierda, que necesitaba vivir en un sitio donde pudiera tener aire sin necesidad de moverse. Al fin decidió salir de Valladolid, arreglar la casa que teníamos en Simancas y encerrarse en ella para siempre.

En los primeros días de abril salió para allá mi tía con la criada, y poco después mi padre, el ama y yo.

Salimos por la mañana temprano y llegamos en cosa de una hora. Hacía mucho calor.

Mi tía me tenía preparada una sorpresa en mi cuarto: un mirlo en una jaula de juncos. Durante todo el día no hice más que mirarle. Había unas rosas en un jarro, de esas bastas, tan olorosas, y siempre que me acuerdo de ese día me parece ver el pájaro negro, tan esbelto, sobre el rosa de aquel perfume que llenaba la casa.

Mientras duró aquel olor duró la novedad, estuvieron presentes el viaje y la mudanza, vivimos en ese desorden tan agradable que hace pasar deprisa el tiempo unos ratos y otros lo retarda. Después tuve que empezar a aclimatarme porque nuestra vida cambió enteramente, sin que hubiese grandes motivos para ello. Claro está que ya no podíamos hacer las mismas cosas que hacíamos en Valladolid, pero no fue sólo eso lo que cambió; hubo un cambio desconcertante: yo dejé de ser el centro de la casa.

Una vez en Simancas, mi padre ya no necesitó ningún cuidado especial y, sin embargo, la atención que mi tía me prestaba antes de que él viniera no volvió a recomenzar.

Me di cuenta una noche al cogerme los bigudíes; empecé a sentirme cansada de tener los brazos en alto tanto tiempo y entonces caí en que antes mi tía me ayudaba todas las noches al irme a la cama.

En los días que mi padre estaba grave aún empecé a hacerlo yo sola, porque mi tía no se separaba de su lado un momento, y después ni ella volvió a ayudarme ni yo fui a pedírselo. Desde ese momento empecé a encontrar el cambio en muchas cosas. No puedo decir que estuviese descuidada, pero empecé a tener una libertad que antes no había tenido.

En Valladolid no había salido sola a la puerta de la calle jamás. Mi tía odiaba la vida del campo; para ella estar en Simancas mucho tiempo era un sacrificio enorme y no se avenía a dar a nuestra vida una verdadera seriedad. Estábamos como de paso, no hacíamos la vida de las tres o cuatro familias de señores, ni me permitía tampoco andar con las chicas del pueblo. Se hacía la desentendida como diciéndome: puedes escaparte si quieres; aquí no hay muchos peligros. Pero yo no me escapaba; buscaba de cuando en cuando un pretexto para salir: ir al estanco a comprar un lápiz, o algo así, y me detenía muy poco más de lo necesario.

Estaba tan desorientada que a veces me parecía que me estaba volviendo tonta. Todas las cosas que antes me preocupaban dejaron de interesarme. No volví a acosar a mi padre con mis miradas interrogantes, no volví a coger los libros ni a entretenerme en mis fantasías de otras veces. Cuando me acordaba de ellas me parecían niñerías, y el caso es que las cosas que había entonces en mi cabeza no eran muy importantes. O ya no me acuerdo o en aquellos días no pensaba más que en comer. Me tiraba de la cama temprano y me ponía a la puerta a esperar al panadero. Mi desayuno solía durar una hora. Mi padre desayunaba en la cama y mi tía no tomaba más que un sorbo de café; yo me quedaba sola en el comedor mojando pan en la leche hasta que se me acababan las fuerzas. Después me iba a la huerta, echaba un poco de agua a los cuatro tiestos que había por allí y me ponía a mirar a los conejos. Me pasaba las horas muertas oyendo el ruidito que hacen al roer los tronchos de col; éste era mi entretenimiento. Lo más que se me ocurría a veces era hacerme un columpio con una cuerda que colgaba de una viga.

A eso de las diez y media volvía a pedir por la ventana de la cocina pan con chorizo, y me ponía a comerlo sentada en el columpio. Cuando al mediodía empezaban a cantar los gallos ya tenía yo otra vez un hambre loca.

En cuanto el gallo empezaba a cantar, yo me daba cuenta de que tenía eso que llaman aflicción de estómago y me parecía que era su canto el que me producía aquella sensación de vacío.

Unas veces empezaban a cantar lejos, y otras era una ventana del granero que tenía las bisagras oxidadas la que chirriaba al moverla el aire de un modo tan parecido al canto de un gallo que todos empezaban a cantar. El nuestro estaba casi siempre subido en el tronco de una higuera y yo le veía allí hacer aquel ademán de ansiedad, sacudiendo la melena dorada, formándosele un hueco en el buche al estirar el cuello y aleteando como si quisiera coger algo con las alas, y me daban ganas de llorar de hambre.

Mi tía se daba cuenta de que yo estaba poniéndome muy fuerte, y claro está que se alegraba, pero al mismo tiempo le indignaba tener que reconocer que aquella vida que llevábamos traía algunas ventajas. De cuando en cuando decía: «Esta niña se pasa el día sin hacer nada; antes había que quitarle los libros por la fuerza y desde que estamos aquí no ha vuelto a ocuparse de ellos: se va a embrutecer». Yo alzaba los hombros o me echaba a reír para tranquilizarla, pero por dentro pensaba seriamente: «Debo estar embruteciéndome».

Sólo que yo sabía que lo que me embrutecía no era la falta de libros, no era que antes estudiase y ahora no hiciese nada, sino precisamente que ahora el no hacer nada lo hacía de otro modo. Antes ponía más atención en ese no hacer nada que en cualquier otra cosa. Para levantarme de la cama había una lucha que duraba media mañana todos los días; para arrancarme del balcón o del patio, o del rincón donde me metía a jugar, para hacerme acostar a una hora razonable, la misma historia. Porque precisamente cuando no hacía nada me ponía furiosa que me interrumpiesen, que me hiciesen cambiar de postura inesperadamente. En cambio, desde que caí en el pueblo, todo me dio igual: me levantaba sin llamarme nadie y en cuanto oscurecía ya estaba deseando irme a la cama.

Cosa extraña: mi tía, que siempre se había quejado de mi desobediencia, estaba verdaderamente irritada con mi docilidad. Cuando alguien comentaba mi buen aspecto, mi tía decía siempre: «Sí, está cambiando por momentos»; y esto en ella quería decir mucho, porque su estribillo predilecto era: «Más vale lo malo conocido que lo bueno por conocer».

No es que fuese agorera; es que estaba cansada. Si yo hubiese caído enferma hubiera resistido diez noches a la cabecera de mi cama. En cambio, verme así, rebosando salud, la fatigaba.

Yo oía discutir lo que había que hacer conmigo durante la comida y la cena con completa indiferencia. ¿Sería mejor llevarme interna a las Carmelitas, sería mejor ocuparse de mi salud que de mi educación, sería mejor hacer venir a una institutriz a Simancas? Esto, aun reconociendo que era lo más conveniente, fue desechado, pues ni mi padre ni mi tía podían soportar a una persona extraña viviendo en la casa.

Parece que al fin lo más cómodo resultó hacer que la maestra del pueblo me diese una hora de lección después de terminar sus clases de la tarde.

Se arregló todo al estilo de la ciudad, se combinó con la maestra para que viniese a casa de cinco a seis y se preparó una mesa en mi cuarto con los libros que habían venido en el fondo de un baúl. Con esto pareció que yo podría reanudar mi vida de Valladolid, pero fue imposible. ¡Era tan extraña para mí aquella señora! Yo no me había sentido nunca confusa delante de mi profesora cuando era pequeña; al contrario, me parecía la persona que mejor podía comprenderme, y yo la comprendía a ella a través de las murmuraciones de mi familia.

He nacido destinada a eso: a oír murmurar de las personas que quiero. Decían que era de una familia noble venida a menos, que había viajado hacia los cuatro puntos cardinales y que era muy machuna. Yo estaba dispuesta a imitarla en todo, pero la olvidé. No, no la olvidé; al contrario, la recordaba continuamente comparándola con la otra; pero al fin llegué a interesarme por ésta, sin que me inspirase en el fondo una verdadera simpatía.

Las primeras lecciones fueron tan angustiosas para ella como para mí: preguntas y respuestas que se iban consumiendo poco a poco, y, al cerrar cada libro, un carpetazo como un suspiro de descanso. Luego media hora dedicada a la lucha con la caligrafía. Ella dictaba monótonamente, yo escribía veloz, terminando antes de que hubiesen dejado de sonar sus palabras, y resultaba que mi letra era ininteligible y mi ortografía absurda. Entonces la pobre señora se esforzaba en explicarme, y se daba cuenta ella misma de que sus explicaciones me parecían tontas. Desfallecía, cogía la pluma y me demostraba cómo había que hacer. Me decía: «Si al menos escribieses despacio. Tienes que dar forma a las letras», y de su pluma iban saliendo letras y letras, todas con las barriguitas iguales.

Yo no quería descorazonarla, pero estaba dispuesta a que aquello no continuase. Intenté mil veces sacar alguna conversación que me diese una pista de sus gustos o de sus habilidades: inútil. La pobre se escondía porque sabía que su instrucción era muy escasa y no quería perder su autoridad cometiendo algún error.

Un día, al fin, llegó con un gran paquete mal envuelto en periódicos que dejó sobre una butaca. Al irse a marchar yo le dije que podía darle un papel mejor y me ofrecí a ayudarla a empaquetar todo aquello: eran labores de las chicas de la escuela que ella se llevaba a su casa para preparar.

En aquello se me presentó una nueva perspectiva de mi maestra y un mundo nuevo, toda una especie de trabajos que, aunque no eran desconocidos para mí, no había practicado nunca. Al fin pudimos entendernos ocupando cada una nuestra posición verdadera. Yo le repetía constantemente que no sabía hacer nada de aquello, y ella, sintiéndose al fin maestra en algo, me fue enseñando cada pieza, sacando de las entrañas de su paquete cositas absurdas: relojeras, bolsas para peines, todo hecho con sedas de colores sobre raso almohadillado.

Al día siguiente la lección quedó anulada a los diez minutos de empezar: yo me puse en seguida a hablar de labores y pedí a la maestra que me hiciese una lista de todo lo que era necesario mandar a buscar a Valladolid. En esto se nos fue la tarde.

Después tuve que discutir durante dos días en casa para que me dejasen ir a la escuela a hacer labor con las chicas mayores. Al tercero gané: me dijeron que hiciese lo que quisiera, por no oírme, y hasta mandaron a buscar los utensilios que necesitaba. Los libros volvieron a quedar arrinconados.

Yo no era modesta ni trabajadora, ni me desvivía por aprender, y sin embargo no me encontraba a gusto con las gentes hasta que las llevaba al terreno de aquellas cosas que sabían mejor que yo; si no, no les sacaba sustancia. Fuese lo que fuese, aunque yo no hubiese de hacerlo jamás: ver cepillar una tabla al carpintero, ver al carnicero separar con el cuchillo el hueso de la carne; cuando lo hacían con verdadera maestría me producía una admiración y un bienestar que yo no podía expresar más que diciendo: «Eso es hacer las cosas como Dios manda». Cuando descubrí que la maestra era capaz de hacer aquellos primores ya tuve de qué hablar con ella. Le preguntaba de todas las labores que había visto hacer a mis tías y todas las conocía. Allí, en casa de mi abuela, en aquel odioso gabinete donde se hablaba de cosas nunca claras y siempre mal intencionadas, los bastidores y cestillos me parecían embelecos estúpidos. Miraba a veces por encima del hombro de alguna de mis tías y aquello no tenía secreto para mí: yo era tan hábil como cualquiera de ellas, pero no me interesaba demostrarlo. En cambio a mi maestra me gustaba dejarla que me enseñara, me gustaba verla empezar y rematar las cosas, verla fundir las puntadas matizando con las sedas de colores, verla afilar los realces en el bordado en blanco. En esto sobre todo la admiraba. ¿De dónde podría sacar ella tanta finura para ajustar las cinturitas de aquellos realces que se curvaban en las iniciales de letra inglesa que ponía en los pañuelos, en las flores, con media hoja en relieve y media en sombra? Preparaba primero un relleno de puntadas suficientemente grueso y luego lo iba cubriendo de un lado a otro con el algodón satinado. Empezaba las medias lunas engordando hacia el centro y disminuyendo al final, y luego las bruñía con el punzón de marfil.

¡Con qué cariño las atusaba! Quedaban como perlitas, como caramelos; brillaban tanto que, al sol, no se podía mirar su blancura.

Yo me pasé los meses extasiada con aquello: es increíble, pero así es.

Llegaron las vacaciones y sólo dos chicas muy mayores y yo seguimos yendo a casa de la maestra por las tardes y bordando con ella bajo la parra de su huerta. No hablábamos apenas: las abubillas se paseaban por encima de la tapia como si no hubiese nadie. Cuando terminábamos nuestra tarea comíamos uvas y pan que la maestra nos daba en pago a nuestra compañía. Después bajábamos aquellas dos chicas y yo hasta las eras que estaban junto al río, y nos sentábamos en un montón de paja hasta que empezaba a oscurecer.

Ellas se me ponían siempre una a cada lado y luego decían que conmigo allí no podían hablar de ciertas cosas porque yo era pequeña. Yo les decía: «No seáis idiotas y hablad de lo que os dé la gana». Siempre acababan por hablar de lo que ellas llamaban picardías; a veces me interesaba lo que decían, a veces me aburría, porque repetían las mismas cosas por centésima vez; entonces me dejaba caer hacia atrás en la paja y veía ir apareciendo las estrellas.

El primero de septiembre se abrió la escuela y todo volvió a empezar con una normalidad que parecía que no tendría fin, pero a mediados del mes se alteró, simplemente por un cambio de tiempo. Se desencadenó una racha furiosa de tormentas. Por la mañana no pasaba nada extraordinario, pero después del mediodía se empezaba a ver el cielo gris sobre Valladolid y la nube iba avanzando poco a poco por el valle; después salía otra por detrás de la colina y cuando se encontraban encima de Simancas parecía que no iba a quedar una piedra en su sitio.

Dentro de la clase se empezaba a sentir la tormenta en la inquietud de las chicas. La maestra daba golpes con la regla en la mesa, pegaba gritos desaforados para mandarlas callar, poniéndose ella tan excitada como la que más, hasta que sonaba el primer trueno, lejos todavía, pero lo suficiente claro como para borrar el ambiente de discordia: entonces se le echaba la culpa a la tormenta, se encendía el cabo del Santísimo y se rezaba mientras iban creciendo los truenos hasta estallar sobre nuestras cabezas.

Después de uno o dos de esos que suenan como a hoja de lata, los goterones de la lluvia empezaban a dar en los cristales, ladeados; a los primeros se les veía pasar como flechas y en seguida se convertían en una cortina espesa.

Las chicas se agolpaban a las ventanas para ver correr los arroyos que se formaban frente a la escuela y no había medio de calmarlas. La maestra, abrumada, con las manos en la cabeza, se volvió a mí de pronto y me dijo: «Leticia, hija, cuéntales un cuento». Y antes de que yo contestase se puso a gritar a las chicas: «¡Callad, niñas, que Leticia va a contar un cuento! ¡Callad, niñas!...». Y así por diez veces.

Cuando se hizo el silencio, yo conté un cuento y después otro y después otro; así se pasó la tarde, hasta que los arroyos se fueron reduciendo a las cunetas y fue posible salir. Al día siguiente todo se repitió punto por punto, y cuando la maestra gritó: «Callad, niñas, que Leticia va a contar un cuento», empezó un nuevo alboroto porque unas querían que contase los mismos del día anterior y otras otros nuevos. Entonces, una de las mayores le dijo algo al oído a la maestra, y ella, sin detenerse a más, gritó pegando en la mesa con la regla: «¡Silencio, niñas, que Leticia va a cantar!».

Esto las apaciguó mejor aún, y hasta primeros de octubre las tardes se desenvolvieron lo mismo: primero se reñía, luego se rezaba y luego se cantaba.

Cuando las tormentas pasaron se volvió a hacer el trabajo de la tarde con formalidad y yo volví a ocupar mi silletín al lado de la maestra, sobre la plataforma.

Un día, cuando el cuchicheo de las chicas no era demasiado fuerte, la maestra me dijo:

–¿Sabes lo que estoy pensando, Leticia? Que deberías estudiar música. ¡Tienes tan buen oído!

Yo exclamé:

–Me gustaría mucho; pero aquí, ¿dónde voy a estudiarla?

–Ya veremos; conozco a una señora que ha dado lección de música a otras niñas; es la esposa del archivero. Yo te llevaré a verla; pide permiso a tu papá.

Cuando llegaba una de estas ocasiones yo me daba cuenta de que en mi casa estaba cada día la atmósfera más cargada. Cualquier proposición, cualquier innovación que yo intentase levantaba un torbellino de malestar. Había de ser una cosa tan sencilla como aquélla y las miradas con que me respondían parecían decir: «Pero ¿cómo se te ocurre? ¡También esto!...». Y no era que les pareciese mal; yo veía en mi tía sobre todo la desesperación de no encontrar razones para oponérseme. Sus miradas de angustia empezaban al empezar yo a hablar, antes de que ella supiera lo que iba a decir, y cuando terminaba me decía, enteramente abrumada: «Haz lo que quieras, haz lo que quieras». Mi padre sólo decía entre dientes: «Lo que diga tu tía».

Yo no comprendía lo que les pasaba. Estaba claro que, por egoísmo, no querían relacionarse con gentes que no les interesaban, que podrían venir de cuando en cuando con visitas inoportunas, pero además su descontento de mí era manifiesto. Continuamente tenía que oír lamentaciones por mi abandono del estudio y predicciones de que acabarían por pegárseme los modales de las palurdas con que trataba. Por debajo de todo esto había como un barrunto de desgracias que me irritaba. Yo estaba tan tranquila, tan segura de mí misma; y cuando me ponía a pensar en sus temores sentía dentro de la cabeza una especie de ausencia, como si fuese a desmayarme; al fin sacudía aquel vértigo y acababa por hacer lo que quería.

Mi aprendizaje de la música quedó reducido al mínimo. El jueves por la tarde la maestra me llevó a casa de doña Luisa y allí se me ofreció todo lo que pudiera desear, pero no por el momento. Doña Luisa llevaba pegado a sus faldas un pequeño de tres o cuatro años, y otro en los brazos de pocos meses. Nos dijo que, en efecto, el año anterior había preparado a unas niñas para examinarse de solfeo en el conservatorio, pero que después del nacimiento de su hijito no podía continuar con tanto trabajo. La crianza debía durar aún algunos meses y después estaba dispuesta a volver a empezar. Me dijo también que, entretanto, como no podía pasarse el día sin abrir el piano por lo menos media hora, tenía organizado un grupo de muchachas a las que enseñaba al oscurecer coros y novenas para la iglesia, y que yo podía ir a cantar con ellas para empezar a acostumbrarme. Recordaré siempre que al despedirnos en la puerta me dijo: «Ya sabes, puedes venir desde mañana a eso de las seis. Bueno, tú puedes venir a cualquier hora; adiós, querida».

Cuando le oí decir «adiós, querida», me di cuenta de que no era castellana. Su desenvoltura me deslumbró; no era elegante como algunas señoras de Valladolid que yo admiraba, no sé si se puede emplear aquí esta palabra, pero yo diría que era *mundana*. Ya sé que le doy a esto un sentido que no es el que se le da generalmente: para mí, mundana quiere decir que no tiene la manía de estarse quieta que tiene toda mi familia. Tampoco tenía el aire de viajera de mi primera profesora. Bueno, aquélla era una princesa, pero tenía algo de persona emprendedora. Llevaba un vestidillo de vuela que se le desabrochaba por todas partes y tenía puestas unas chinelas de tafilete rojo que hacían que sus tobillos resultasen aún más huesudos.

Ésa fue mi impresión cuando la miré al marcharme, a la puerta de su casa. Había un cerco oscuro, entre azul y verde, alrededor de sus ojos grises muy grandes. Sólo por tener aquellos ojos ya se podía decir que era muy guapa, y en realidad lo era. Estaba mal peinada, de un modo gracioso, y tan delgada que parecía que en vez de estar criando a un hijo estuviese criando diez a un tiempo.

Entonces me pareció que nos decía adiós con una mirada tan franca, tan abierta; después, fui viendo que su cara era siempre igual; no podía cambiar de expresión sino en algunas ocasiones muy graves, en las que aquella misma franqueza se hacía ruda, y su voz, que en general era suave, se hacía chillona. Yo no vi nunca más que momentos pasajeros de ese aspecto suyo, pero ahora estoy segura de que se habrá quedado así para siempre. Aquella mirada de confianza no volverá a repetirla nunca. Al menos, esto sé que ha desaparecido; en cambio, la casa probablemente sigue igual. ¡Cómo puede ser! Y antes, antes de todo aquello, ¿también había sido igual? Si pienso en esto acabo por perder la fe. Me vuelve loca esta soledad; que esté yo aquí con mi desesperación y otros en otro sitio con la suya, y que al mismo tiempo las cosas se queden como estaban. Porque entonces pienso: aquella luz de otras veces, aquel ambiente, no querían decir nada, no estaban hechos para mí.

Yo conocía la casa aquella de pasar por la calle. Me había fijado en su fachada de piedra oscura, que no tenía más que dos ventanas con una reja a cada lado del portal, y arriba cuatro huecos unidos por un balcón corrido con bolas doradas en las esquinas de la barandilla. Junto al alero, sólo un cornisón muy sencillo. Pero el portal... Ni siquiera la costumbre que adquirí de entrar en él a diario pudo borrarme la impresión que me causaba su luz al llegar a la puerta. Aunque la entrada era un vestíbulo cuadrado, lo que atraía en él era un pasillo muy ancho con techo abovedado que partía del fondo y atravesaba la casa. Al final había una galería de cristales enteramente cubierta por una parra, y desde la calle oscura el pasillo parecía un túnel lleno de luz verde. Cuando yo pasaba por allí, antes de saber que entraría jamás en aquella casa, ya me parecía aquello la entrada al paraíso. Pasaba siempre despacio para mirarlo, para cambiar con él una mirada, porque me parecía que me miraba como un ojo.

Al día siguiente fui antes de las seis: estaba loca de

impaciencia. Doña Luisa se puso a enseñarme toda la casa antes de que yo mostrase interés por ella, pero me dijo que era para que supiese las costumbres. Me dijo: «Mira, aquí abajo, en el ala izquierda, no hay más que dos habitaciones, una que da a la calle y otra al jardín; las dos se le reservan a mi marido, porque si no los niños no le dejan leer». Entreabrió la puerta de la segunda y vi que había una mesa llena de libros y un sofá con dos butacones de cuero. Siguió enseñándome: a la derecha estaba, delante el gabinete de recibir, y detrás, el comedor y la cocina. La galería cogía toda la planta baja de un lado a otro, pero la habían dividido con un tabique para que el olor de los guisos no fuese hacia la izquierda.

Doña Luisa me dijo: «Ahora vas a ver la leonera». Subimos por una escalera de piedra que quedaba como incrustada en uno de los lados del vestíbulo, y arriba, dividida la parte de detrás del mismo modo, me enseñó su cuarto con las cunitas de los niños a la derecha; y a la izquierda, una habitación donde había de todo: armarios, perchas, bañeras. El cuarto de las chicas estaba en el sobrado.

Al abrir una puerta que quedaba en medio del rellano donde desembocaba la escalera, me dijo: «Éste es el salón del piano». Yo paseé mi mirada por él y dije con toda mi alma: «¡Qué bonito!».

Aquel salón era algo que nadie hubiera podido sospechar. Era inmenso; cogía toda la fachada con sus cuatro balcones y estaba enteramente vacío, desnudo; ni una silla, ni una cortina, ni un clavo en una pared. Sólo en el rincón de la derecha un piano de cola con su banqueta. En medio del techo, en una viga, quedaban los restos de un gancho para sostener la lámpara, pero el garfio estaba roto y el cable había sido recogido, hecho un ovillo sobre el montante de la puerta.

Yo había dicho aquello y ella vio que lo decía de verdad. Además, nunca lo hubiera dudado porque a ella le parecía igual. Nos quedamos en silencio, sin saber qué más decir. Yo, cruzada de brazos y apoyada en la pared. Ella, conteniendo siempre el pataleo de sus dos chicos. Entonces yo conseguí que el pequeño pasase de los brazos de su madre a los míos, y así ella pudo estirarse un poco: se esponjó el vestido, logró libertar su falda de las manos del otro; parecía una chica pequeña.

De pronto oímos pasos en el portal y doña Luisa se asomó a la escalera gritando: «¿Estáis ahí? Subid, chiquitas».

Subieron dos muchachas que yo ya conocía; detrás de ellas, la niñera, con una caja de cerillas, cogió a los dos niños y se los llevó al rellano de la escalera.

Doña Luisa encendió las velas del piano, puso en el atril unos papeles, se sentó y dijo: «La salve».

Después de unos acordes, las chicas empezaron a cantar, pero al poco tiempo doña Luisa se interrumpió. No adaptaban bien la letra a la música; naturalmente, cantaban sin saber lo que decían. Ella, sin aclararlo, les enseñó solamente el tiempo que tenían que dar a cada sílaba. Volvieron a empezar, y cuando iban ya por la mitad yo empecé a oír detrás de mí pasos en puntillas que se acercaban. Doña Luisa, sin interrumpirse, dijo: «¡Qué vocación, chiquitas, qué vocación!». Las cuatro muchachas que llegaban se pusieron al lado de las otras y se echaron a cantar, entrando por donde pudieron.

Mi vida se repartió entre la escuela y aquella casa; no sé qué fue de las mañanas. En cuanto cogía el bastidor y me sentaba al lado de la maestra empezaba a contarle lo que había hecho en casa de doña Luisa el día anterior. Mi llegada allí era ya habitual a las cinco y minutos, los minutos que tardaba en llegar de la escuela a todo correr; y hasta que llegaban las otras chicas yo ayudaba a doña Luisa en las mil cosas que hacía; generalmente cocinaba. Dejaba cosas preparadas para terminar después de la lección de música. Su cocinera guisaba muy mal, y ella en cambio hacía platos catalanes maravillosos. Cuando yo se los explicaba a la maestra, ella los ensayaba en su cocina y me decía al otro día el resultado para que yo consultase con doña Luisa las imperfecciones que habían tenido.

Pero no sólo manipulábamos en la cocina; goloseábamos continuamente. Yo en mi casa no lo había hecho jamás y ella me enseñó. Fuese lo que fuese, todo lo probábamos, hasta las cosas que no se le ocurriría a uno nunca comer entre horas. Cuando hacía aquellas alubias blancas con lomo y perejil, preparaba siempre más de las que cabían en el molde y las que quedaban nos las comíamos entre las dos con dos cucharitas de postre. Ella escogía los pedacitos de lomo y me los daba todos, y cuando ponía el relleno en las empanadillas, al meter en cada una un piñón, una aceituna, una pasa, me iba dando a mí y a su chico, que se acercaba a la mesa y abría la boca como un gorrioncillo. Después, cuando calentaba el aceite, freía cuscurros de pan para las muchachas.

La cocinera a veces la reñía, porque decía que golusmeaba tanto en la cocina que luego no comía en la mesa y que por eso estaba tan delgada. Ella la miraba con los ojos muy abiertos, sin reírse ni ponerse seria, y le decía: «Pues es verdad, tienes razón»; pero seguía haciendo lo mismo.

A veces llegaban las discípulas a cantar y tenían que esperarla porque no podía dejar lo que tenía entre manos. Otras se entretenía tanto con ellas que llegaba la hora de la cena y no había preparado nada. Entonces se azoraba mucho y daba vueltas buscando con los ojos a quién echar la culpa.

Uno de los días que más habíamos cantado, desde las flores de María hasta los villancicos, estábamos aún en el portal hablando de lo que pensábamos cantar todas en corro alrededor de doña Luisa, cuando apareció su marido en la puerta. Le acompañaba el médico, y doña Luisa se abalanzó a saludarle buscando pretextos para disculpar el descuido en que la encontraban. Ponía las manos en los hombros del médico y le decía: «¡Ay, doctor, estas muchachas me tienen loca!». Pero miraba a su marido y yo veía que tenía ansias de preguntarle: ¿Qué hora es?

Él sonrió al oírla y miró al grupo moviendo la cabeza. De pronto alargó una mano y cogió en un puñado todos mis tirabuzones, apretándolos junto al cogote. Dijo: «Ésta es la que tiene que darte más guerra; con estos pelos, buena debe ser».

Las chicas se habían ido deslizando entre ellos y la puerta y habían desaparecido; doña Luisa repitió unos cuantos cumplidos al médico y se fue a la cocina; la mano que sujetaba mi pelo lo había ido soltando todo menos un tirabuzón que se quedó entre sus dedos. Yo miraba aquellos dos hombres que hablaban sin ocuparse de mí y miraba el extremo de mi bucle que seguía en aquella mano, que lo estrujaba como cuando se experimenta la calidad de una tela, sin tener en cuenta que estaba pegado a mi sien.

A fuerza de tirar con disimulo conseguí que lo soltara; dije apenas buenas noches y eché a correr.

Corrí como si me persiguiesen y llevaba una sensación muy extraña; no sabía si por haberme comportado yo torpemente o si por cómo se habían comportado conmigo. También estaba inquieta por doña Luisa. Miré al pasar por una tienda el reloj, y eran las nueve. Temí que pudiese tener un disgusto con su marido: me había dado la impresión de ser un hombre sumamente arbitrario y muy poco amable.

No era aquélla la primera vez que le veía. El mes anterior, cuando aún duraba la racha de lluvias, pasaba yo con otra chica junto al castillo y nos detuvimos sin saber por qué a ver caer los goterones de un canalón en el foso. En esto salió él, cruzó el puente y pasó a nuestro lado. Llevaba un impermeable pardo con capucha echada y un pañuelo de seda blanca al cuello. La chica que estaba conmigo me dijo:

–Ése es el archivero.

Y yo contesté:

–Parece un rey moro.

Cuando llegué a mi casa enteramente embebida en este recuerdo, me esperaba a mí también una tragedia por mi retraso, pero una tragedia de silencios, y precisamente en ese momento tuve un golpe de claridad y comprendí lo que pasaba en mi casa.

Yo estaba más excitada que de ordinario, más sensible, y me pareció verlo todo claro; hice del silencio un puesto de observación. Cuando mi padre se fue a su cuarto, pregunté de pronto a mi tía:

–¿Quién vino esta tarde?

Ella, maquinalmente, me contestó:

–Nadie.

Pero en seguida me miró y vio que en mi pregunta había una intención escondida. Se corrigió y dijo:

–No sé, yo salí un rato, no sé si habrá venido alguien.

Mientras yo observaba, ella me había observado a mí: comprendí que de allí no sacaría nada y pensé buscar otra pista para mi comprobación. Me fui a la cama dispuesta a poner al otro día toda mi energía en ello, pero al día siguiente no pude conseguir la suficiente decisión. No es que lo hubiese olvidado ni que me pareciese demasiado difícil de comprobar: es que todo el calor, toda la trascendencia que tenía para mí la noche anterior habían desaparecido. Por la mañana lo veía como algo probable, pero no seguro, y sobre todo, como algo que había de comprobarse por sí solo, aunque no dejaba de pensar también que yo no debía descuidarlo. Sin embargo, mis aficiones de todos los días tuvieron más fuerza y volvieron a apoderarse de mí por entero.

En casa de doña Luisa no encontré la menor huella de borrasca; al contrario, ella estaba esperándome con impaciencia, sin abrir un gran paquete que acababa de traer el ordinario. Lo deshicimos entre las dos en seguida, sacando de él un verdadero ejército de tornillos, destornilladores, martillos, metros de flexible y aisladores de porcelana.

Teníamos en aquellos días el proyecto de hacer un gran arreglo en la casa y nos dispusimos a empezar por la instalación de la luz; cambiamos los interruptores que estaban estropeados, pusimos enchufes para lámparas portátiles en todas las habitaciones, y en el piano velas artificiales con bombillas eléctricas.

La empresa era tan grande que tuve que dejar de ir a la escuela muchos días y algunos hice escapadas también por la mañana. Se arrancó la estera que había en el gabinete para encerar el piso, porque toda aquella innovación se hacía por la llegada de los muebles que habían dejado en Sevilla al trasladarse, y que al fin habían mandado facturar y estaban ya en la estación de Valladolid.

El día que llegaron, a las nueve de la mañana ya estábamos las dos esperándolos. Se abrieron las puertas de par en par y los gañanes que los traían entraron por todas partes.

Los únicos bultos importantes eran cuatro enormes cajones de libros que se depositaron en un palomar abandonado que había en el fondo del jardín. El resto era unos cuantos muebles antiguos que los hombres se pusieron a desembalar, y cuando estaban en medio de su faena, doña Luisa llamó a la cocinera y le dijo:

–Anda, tráeles a éstos unos buenos vasos de vino.

Puso las manos separadas un trecho una de otra, como para indicar que fuesen de los grandes, y la chica, mientras les miraba beber, le dijo:

–Menos mal que no vuelven por aquí, que, si no, también a éstos les hacía usted lamerones.

Ella asintió con la cabeza como si fuese cosa indudable.

Toda una semana estuvimos arreglando el gabinete, que quedó perfecto.

Pusimos un gran espejo sobre una consola y por

las paredes muy pocas cosas más: dos cornucopias y unos retratitos pequeños de la familia. La sillería era de esas de respaldo ovalado. Delante del sofá un velador pequeño de laca y, el último día, los visillos, que doña Luisa había hecho ella misma de vuela blanca, lisos, fruncidos arriba y sueltos hasta abajo.

Cuando yo creí que ya estaba todo, la vi aparecer trayendo una enorme damajuana llena de agua y ponerla en el suelo delante del balcón. Después fue al jardín, trajo una vara de malvas reales y la metió en el cuello del botellón aquel. En ese momento volví a verla como el día que la conocí y me acordé del calificativo que yo le había dado. Volví a ver aquella condición suya que yo llamaba *mundana* y que no era más que un desparpajo acertado en todas las cosas del mundo.

La obra estaba rematada y las dos nos quedamos a la puerta un rato mirando cómo la luz atravesaba los visillos, brillaba en el agua de la damajuana y se extendía por el encerado del suelo, por los respaldos de las sillas y por las cornucopias.

Yo estaba extasiada, hubiera querido expresarle mi admiración, me volví a mirarla para decirle algo. Ella también me miró y también tuvo la necesidad de decir cualquier cosa; entonces me cogió por el brazo y me dijo: «Hoy, para cenar, voy a hacer un timbal».

Nos fuimos de allí cerrando la puerta y encargando bien a las muchachas y al niño que no pisasen la cera del suelo.

Ya en los últimos días de noviembre, algunas tardes de sol, en vez de ir a la escuela salía de paseo con doña Luisa nada más comer. Bajábamos a sentarnos en aquellos restos de construcción que se adentraban en el río a la derecha del puente y nos estábamos mucho rato calladas mirando los abedules pelados en las islas. Cuando nos íbamos de allí, nos quedaba en los oídos el ruido del agua que se arremolinaba entre las piedras.

Otras veces salíamos con la niñera y los niños; entonces bajábamos por el otro lado hasta la iglesia del Arrabal, donde siempre entrábamos un rato a rezar. Y sucedió lo que tenía que suceder. Una tarde, en la puerta de la ermita, nos encontramos con mi tía Aurelia.

Doña Luisa la saludó en seguida como si la conociese de toda la vida, y mi tía, entre el azoramiento y la contrariedad, empezó a estrujar su cerebro para buscar disculpas por no haberla visitado nunca. Le agradeció más de cien veces las atenciones que tenía conmigo y le describió con la mayor exageración los cuidados que tenía que prestar a mi padre, que eran la causa de que hiciese una vida tan retirada.

Doña Luisa se sentía deprimida por aquellas disculpas quejumbrosas e intentaba atajarla y tranquilizarla con su franqueza. Le repetía: «No tengo nada que perdonarle a usted; Leticia es mi mejor amiga y yo estoy encantada de tenerla conmigo a todas horas», y ponía toda su voluntad en arrastrar a mi tía a una conversación más animada y natural. Pero a mi tía esto le era imposible. Comprendió que tenía que cambiar de tema y en seguida buscó otro; el único en que pudiese seguir poniendo su acento de lamentación: la inquietud en que mi educación la tenía. Con esto ya consiguió ser escuchada, pero no contaba con el carácter emprendedor de doña Luisa, que empezó en seguida a buscar la solución, y como por el momento no la encontraba, para que mi tía confiase en ella le contó los innumerables casos en que había ayudado a resolver situaciones parecidas.

Doña Luisa hablaba de colegios, de institutos, de planes de estudio sin cuento. Mi tía hablaba de educación: yo sé bien lo que quería decir. Pero como de lo que se trataba era de lamentarse de algo, y de mi educación no podía lamentarse porque yo me comportaba de un modo irreprochable, se veía precisada a hablar también de mis libros abandonados, a encarecer lo mucho que se habían esmerado en mi instrucción y lo triste que era ver que yo lo dejaba de pronto perder todo.

Era casi imposible que se transparentase un pensamiento a través de aquellos ojos grises que yo conocía tan bien, pero al menos yo tenía ya sorprendida una parte de su mecanismo: cuando se quedaban fijos en un punto durante unos segundos, era porque algo había pasado por detrás de ellos, y ese algo salía siempre media hora después en una u otra forma.

Doña Luisa propuso a mi tía subir por el atajo para aprovechar los últimos rayos de sol, arriba, en la carretera. Mientras íbamos subiendo, repitió como si siguiese el hilo de la conversación de mi tía: «Tiene usted mucha razón, es una verdadera lástima, con el talento que tiene esta niña».

Nunca me había elogiado; yo no había hablado nunca con ella más que de cosas tontas. ¿Por qué sacaba de repente lo de mi talento?

Me resultó extraño y al mismo tiempo me impresionó mucho. Yo no daba importancia jamás a las alabanzas y, sin embargo, aquella vez hubiera querido detener allí la conversación, hacerle explicar por qué decía aquello; pero con mi tía delante, no podía ser.

Empecé a preparar en mi imaginación un plan para llevarla a una conversación semejante cuando estuviésemos solas.

Yo iba embebida en esto, mirando al suelo, cuando la oí decir: «Mire usted, ahí viene mi marido con el médico; todas las tardes pasean juntos por aquí, a la salida del archivo».

Hubo saludos, presentaciones, preguntas tontas sin sentido, cuando de pronto doña Luisa se dispuso a pegar la hebra en el tema de un rato antes: «La señorita de Valle venía diciéndome»... Yo me puse a mirar al cielo.

No sé cuánto duró aquello, ni me acuerdo de lo que dijeron. Mi tía, como se encontró secundada, siguió lamentándose; doña Luisa siguió aportando soluciones y repitiendo como un estribillo: «A nosotros siempre nos gustó mucho la enseñanza».

En un momento en que mi tía se dirigía al médico, yo vi que le preguntaba a su marido a media voz: «¿Tú, ahora, no tendrías tiempo?». Él hizo un movimiento con la cabeza que no quería decir ni que sí ni que no.

Los dos caballeros continuaron su paseo. Nosotras seguimos hacia el pueblo.

No recuerdo cómo terminó aquella tarde, pero sí que yo perdí mi tranquilidad. Pesaba sobre mí una amenaza y lo más terrible era que no acababa nunca de estallar.

Todos los días, al ir a casa de doña Luisa, me proponía guardar el más completo silencio respecto a aquellas cuestiones. Me decía a mí misma que, si yo no lo recordaba, todos los planes que ella hubiera podido urdir en un momento de animación irían cayendo en el olvido; y después, cuando comprobaba que así era en realidad, sentía una inquietud y un descontento que se apoderaban de mi imaginación y no me dejaban pensar en otra cosa. Llegué a sorprenderme intentando hablar de estudios, pronunciando frases que pudiesen recordar la conversación de aquella tarde, y cuando yo dudaba ya de que ella tuviese la facultad de la memoria siquiera en su mínimo grado, me dijo un día de pronto:

–Te advierto que lo que dice tu tía es la pura verdad; tú tienes una cabeza hecha para los libros.

Esperé que continuase, pero no continuó. Creyó que mi silencio era un punto final y se puso a hablar de otra cosa.

Estábamos en la cocina; empezábamos en aquel momento a cortar la pasta de macarrones que acabábamos de hacer, cuando la oí decir:

–¡Ay! ¿Qué pasa para que aparezcas a estas horas?

Levanté la cabeza y vi que no hablaba conmigo: el señor de la casa había entrado como una sombra y estaba apoyado en el quicio de la puerta mirándonos.

Él, en vez de contestar, preguntó:

–¿También te ayuda en la cocina mi discípula?

Y ella, como si la conversación estuviese empezada hacía rato, como si todo el mundo se hubiese puesto ya de acuerdo, repuso:

–Todo lo que yo le he enseñado ya lo aprendió; veremos cuándo puedes tú decir otro tanto.

Hubo un silencio y yo me afirmé a mí misma que estaban hablando en broma. Sonriendo, con una sonrisa que saqué de no sé dónde, miré primero a ella y luego a él, y él, haciendo un movimiento de cabeza, me dijo: «Anda, ven que te voy a examinar».

Yo me quedé paralizada; él se separó como para dejarme pasar por la puerta, y sin dudar si yo iría o no, añadió: «Vamos a ver ese talento».

Yo no quise volver a mirarle; me parecía que la cólera me estaba saliendo por los ojos. Con lo que yo pensé en el trayecto de la cocina al despacho podría llenar cientos de páginas; envejecí diez años en ese momento. Me vi tan pequeña, que me dio lástima de mí misma como sólo a los mayores puede darles lástima de los pequeños.

No había nada que me inspirase más horror que un examen. Hasta en los momentos en que yo estaba habituada al estudio, el examen me había parecido una cosa aborrecible, porque yo sabía que del desorden de mi cabeza nunca conseguiría sacar lo necesario en el momento oportuno, y de pronto caía en aquel lazo como una liebre, cuando hacía ya casi un año que llevaba una vida enteramente idiota.

Entramos por la puerta del pasillo y me hizo sentar junto a la mesa, frente a la gran puerta de cristales que daba a la galería; él se puso de espaldas a la luz y yo comprendí que acabaría atolondrada si seguía mirando, a través de las hojas de la parra, el sol que daba en el jardín. Para evitarlo, y sobre todo para que él no viera que estaban a punto de saltárseme las lágrimas, me puse a mirar como distraídamente las cosas que había sobre la mesa. Él me preguntó: «¿Te gusta el mono?». Yo no me había fijado en nada, pero de pronto me saltó a la vista una cabeza de mono del tamaño de un coco, sumamente real y expresiva, con una especie de gorrito turco puesto.

Él la corrió sobre la mesa para acercármela, diciendo: «Parece de bronce, pero es de tierra cocida». Le levantó el gorrito, que era como una tapadera, para que viese que estaba llena de puros. Después lo volvió a su puesto, acariciándole el hocico y cambiándolo varias veces de posición hasta encontrarle el punto de vista que más le gustaba. Entonces empezó a contarme que se lo había regalado un amigo que lo compró en París en la Exposición de 1900, que hacía ya más de diez años que se lo habían dado y que no podía dejar de tenerlo sobre su mesa, en parte porque lo encontraba muy simpático, en parte porque aquella exposición señalaba una página de la historia.

Me miró como para ver si yo comprendía y me dijo:

–¿Sabes? Entonces el mundo era un mundo de Julio Verne.

Yo pegué un salto en la silla, que disimulé cruzando una pierna sobre la otra. Toda mi angustia desapareció como por encanto y me puse a escucharle.

Habló durante más de hora y media; yo no podría jamás repetir lo que él dijo; sólo puedo decir que las cosas que nombraba brotaban en la habitación.

Yo vi pasar por allí a Ataúlfo en su caballo, vi la escala de Jacob y la guillotina de la Revolución Francesa. Al fin me trajo a la realidad diciendo:

–Parece que eres tú la que me está examinando a mí. Yo hablo, hablo, y tú callada, en vez de haberte exigido que me contases los hechos de nuestra gloriosa historia.

Debí dejar traslucir en la cara el terror, porque extendió una mano como conteniéndome y dijo:

–No te esfuerces, la verdad es que no creí que supieses tanto.

Como yo no había abierto la boca, me pareció que empezaba a burlarse de mí y volví a verlo todo negro. Hice un esfuerzo inmenso para recobrar la serenidad, y al fin pude empezar a decir:

–Le aseguro que he estudiado bastante hace tiempo, sólo que...

Me interrumpió:

–Pero tonta, ¿qué crees que he estado haciendo? ¿Contándote cuentos? Pues no: me percaté en seguida de que contigo sería inútil empezar con preguntas, y en cambio, mientras yo hablaba, me ha sido muy fácil ver en tu cara lo que comprendías y lo que no.

Volví a sentirme caída en una ratonera, pero esta vez ya no me molestó y me reí casi hasta llorar. Salimos al pasillo, y acercándome a la puerta del comedor, grité:

–Adiós, me voy corriendo, es tardísimo.

Llegué hasta casa sin poner los pies en el suelo y vi que no era tarde. Estaban empezando los preparativos para la cena, con toda lentitud. Yo no sabía qué hacer, porque no podía estarme quieta, y determiné salirme a la puerta y decir que me llamasen cuando se pudiera cenar.

Hacía frío; nuestra calle era estrecha y oscura; sólo había en la esquina una bombilla con reflector blanco, que se bamboleaba sin cesar. Me apoyé en el quicio de la puerta, dándole la espalda, para ver sólo la parte de calle que quedaba en sombra. El frío, que detesto generalmente, me resultaba tan agradable al pasarme por la frente como cuando se echa un chorro de agua de colonia en la cabeza; y a fuerza de mirar la oscuridad conseguí no pensar en nada.

Una hora después estaba en la cama tiritando y haciendo por ver claramente todo lo que había pasado.

Al principio, mis sentimientos fueron, como siempre, una alegría loca de que hubiesen terminado tan bien los acontecimientos que habían empezado produciéndome terror, y una satisfacción, un saborear todo lo que había oído en sus más pequeños detalles. Eso era lo que yo llamaba estar en mi elemento: tener algo que admirar. Sólo me había sentido en un estado semejante algunas veces al salir del teatro; tanto, que no querían llevarme nunca porque decían que me emborrachaba con lo que veía. Solamente que esto no era como el teatro: un cuadro cerrado donde no se puede entrar y que no hay medio de alargar una vez terminado. Esto, al contrario, no había hecho más que empezar y en mí estaba el saber mantenerlo.

Pensé en seguida en reunir todos mis viejos libros que había quedado en llevar al día siguiente para ver si eran aprovechables, y aunque bien sabía que mi nuevo profesor no había de hacerme nunca esas preguntas bruscas que le ponen a uno en el caso de demostrar que no sabe nada ni nunca lo supo, quise someter yo misma a mi memoria a una prueba parecida. Como si me dispusiese a contar el dinero que tenía en el bolsillo, me dispuse a repasar lo que sabía.

Tenía el recuerdo de haberlo hecho otras veces. En las épocas que estudiaba mucho, mi cabeza entraba en reacción algunos días de tal modo que no había medio de pararla: unas cuestiones me llevaban a otras y oía dar la una y las dos en el reloj del comedor sin poder dormirme. Repasaba en mi memoria todos mis libros, desde el primero que había leído en mi vida hasta el último, y recordaba las frases tal como estaban situadas en la página, con los pequeños defectos de la imprenta, con las señales de lápiz que yo había hecho. Después repasaba todos los versos que sabía de memoria: las fábulas, las canciones, y las oraciones por último. De los siete a los nueve años hacía esto con frecuencia, hasta que acababa por darme fiebre. Pues bien, aquella noche pretendí hacer lo mismo y mentalmente repasé las primeras hojas de mi Historia Universal. Muy deprisa, sin ningún detalle, sin ningún calor, pasé por los hechos de los pueblos antiguos hasta la Edad Media. Empecé a pensar en la primera Cruzada, siguiendo mi libro textualmente, y al decir: «La segunda mitad, formada de caballeros acaudillados por Godofredo de Bouillon»..., recordé que por la tarde, al pronunciar ese mismo nombre, mi profesor había cogido un lápiz que estaba sobre la carpeta. Lo hizo sin darse cuenta y se quedó con las manos sobre la mesa manejando aquel lápiz con las puntas de los dedos. Según hablaba, el lápiz aquel tomaba actitudes de lanza, de cruz, de pendón.

No era delirio mío, era la realidad misma, y contemplándolo otra vez al aparecer en mi memoria olvidé el ejercicio a que me había sometido. Cuando me di cuenta lo reanudé por donde pude y volvió a borrárseme cien veces, siempre acosada por recuerdos del mismo género.

Cada vez que recobraba la conciencia me decía a mí misma que había sido tal el embelesamiento de aquella tarde que no podría fácilmente borrar la impresión; pero yo a mí misma no me miento jamás; deseché en seguida esta idea y vi clara la verdad del caso. Lo que me pasaba era que empezaba a sufrir las consecuencias de mi embrutecimiento.

La pereza había llegado a serme tan habitual que ya no podía lanzarme a aquella actividad de otro tiempo: ahora resbalaba en seguida a una especie de ensueño. Me abandonaba a pensar en aquellas cosas que me envolvían en un encanto, en un calor... Aquello era una sensación nueva para mí, pero era también, sin duda, el resultado de la vida que venía llevando.

Me había zambullido de tal modo en el mundo de las mujeres, «con sus tonterías y sus pequeños vicios»; ésta era la frase de mi confesor. Cuando me reñía por mis goloseos, me contaba siempre la historia de Santa Mónica y me repetía aquello de acostumbrarse a no beber agua para ser capaz más tarde de no beber vino.

Yo nunca le había sacado sustancia a esta historia, pero aquella noche creí entender que se trataba de habituarse a un esfuerzo pequeño para llegar a ser capaz de uno mayor, y en aquella flaqueza que me acometía al intentar concentrarme en el estudio encontré demostrado todo su sentido. Entonces sentí un asco de ser mujer que me quitó la fe hasta para llorar.

Otra vez igual que en el momento en que me dispuse a dejarme examinar, me vi a mí misma con una compasión y un alejamiento indecibles.

Ya me di yo cuenta de que allí empezaba una nueva fase de mi vida; adquirí en aquel momento como una nueva facultad, que empezó en seguida a desarrollarse porque ya por la noche era diferente y mucho más complicada. En realidad, tenía también lástima de mí misma, pero ¡con qué crueldad me miraba al mismo tiempo!

Me encontraba tan ridícula con mis pretensiones que no se fundaban en nada. Embrutecida, eso sobre todo; enteramente embrutecida y sin gracia, sin carácter de ningún género.

Bien estaba para sentarme al lado de la maestra, con mis cincuenta tirabuzones cayendo sobre el bordado y mis brazos como patas de araña estirando la hebra, pero en aquel despacho por donde jamás habría pasado nada semejante a mí... Discípulos sí, sin duda, pero chicos; bárbaros si se quiere, pero no esto, esto que era yo.

¿Dónde habían quedado aquellas ilusiones que yo me hacía cuando estudiaba con mi profesora? Cada vez que dábamos lección yo observaba su traje sastre, su sencillez, su aire varonil y pensaba: cuando yo sea como ella... y precisamente cuando me encontraba en una situación que ni soñada para ser así, resultaba que yo era una chica como las demás. Ni eso, yo no era más que una perfecta marisabidilla.

El desvelo que no había conseguido al proponerme pensar en los libros, me lo produjeron aquellas pasiones revolviéndoseme dentro hasta dolerme la garganta como si no pudiese tragarlas.

Vi la luz del alba antes de dormirme y, sin embargo, a las ocho salté de la cama; creía que no iba a tener tiempo en toda la mañana para los preparativos que pensaba hacer, que al fin y al cabo no eran más que reunir mis libros y cuadernos, afilar un lápiz y poner punto nuevo a la pluma.

Una vez hecho me vestí, y no me puse sobre el

vestido el delantal blanco de otros días porque decidí ir a la escuela sólo para contar a la maestra mi nuevo plan de estudios y decirle adiós. Me puse un traje escocés rojo y azul, porque era el más oscuro que tenía y porque una vez había oído a mi antigua profesora elogiar las telas escocesas.

Nada más comer me fui a mi cuarto para cogerlo todo y marcharme, pero de pronto me acordé de una cosa y volví al comedor. Allí estaba mi tía preparando la bandeja con el café y el coñac, para llevarle a mi padre a su cuarto. Me puse a hablar con ella afectando una calma como si estuviese por allí porque no tuviese otra cosa que hacer. En el momento que ella levantó la bandeja de sobre la mesa, yo se la quité de las manos y sin dejar de hablarle entramos juntas en el cuarto de mi padre. Puse las cosas en la mesita junto a su butaca y en seguida hablé de algo que pudiese interesarle a él. Le dije: «Todos los días me propongo pasar por el estanco, al volver, para comprarte escobillas para las pipas y siempre se me olvida; de hoy no pasa. ¿Tienes todavía alguna que tire?».

Mi padre me enseñó la que tenía en la mano. Yo le prometí que al día siguiente se las limpiaría todas. Revisé de pasada las demás, toqué todos los objetos que había sobre la mesa y al fin di un beso a mi padre y me marché.

Me latía el corazón como debe latirles a los espías. Hacía ya muchos días que proyectaba aquello y no había tenido fuerzas para hacerlo. Me dije a mí misma: En fin, ya está hecho.

Fui corriendo a la escuela; aunque no, no fui corriendo, porque sin el delantal blanco no me atrevía a correr. Pero llegué en seguida. Todavía no se había sentado nadie en su sitio.

Mi llegada bastó para desorganizar la tarde, porque la maestra misma dijo:

–Ya sé, ya sé lo que vienes a decirme; desde ayer por la mañana sé yo que vas a dar clase con don Daniel.

Yo le dije:

–Entonces lo ha sabido usted antes que yo misma.

Y le conté en pocas palabras cómo había sido mi primera lección. Claro que se lo conté del modo especial que yo le contaba las cosas, muy por encima y como en broma, recalcando bien el aspecto cómico que pudiera tener el susto que me había llevado.

Ella estaba radiante porque, aunque sentía mi deserción de la escuela, al fin y al cabo había sido ella la que me había presentado en aquella casa.

Me hizo prometer mil veces que volvería de cuando en cuando y las chicas me despidieron ruidosamente con gritos y abrazos.

Cuando ya iba a salir, una chica poco más alta que yo vino hacia mí y yo creí que iba a volver a abrazarme, pero ella me miró de arriba abajo, me rodeó con un brazo la cintura y me hizo dar un par de vueltas de baile.

Me escapé en seguida, y cuando ya iba por la calle comprendí que aquello no había sido una crítica, pero sí un comentario de mi vestido. La chica aquella no me quería mal, pero era de las que se fijan en todo y lo había hecho como diciendo: ¡Qué cinturita!

En seguida empecé a imaginarme cómo estaría yo cinco minutos después delante de aquella mesa imponente con mi cabezota y mi cinturita: como un insecto, ridícula como una hormiga de esas que se meten en todas partes.

Me sentí tan contrariada que me detuve para torcer por una calle e ir a casa a mudarme de ropa, pero era demasiado tarde y volví a echar a andar pensando: ¿Por qué poner tal exageración en todo? ¿Qué necesidad tenía de haber cambiado de ropa aquel día, cuando podía haber venido como de costumbre, sin traer aquella preocupación en la cabeza? Y le había dicho a la maestra que dejaba de ir a bordar con ella porque necesitaba todo el tiempo para estudiar.

Esto no era cierto porque bastaba con que estudiase por las mañanas. Realmente decidí dejarlo por ir apartándome de aquellas ocupaciones de mujer, y ni siquiera en el momento en que había tenido lucidez para tomar tal decisión había sido capaz de dejar de ponerme un vestidito de circunstancias.

En fin, el caso era que ya me había deshecho de la maestra. En cambio, mi relación con doña Luisa iba a ser cada día más estrecha, y ella era mucho más absorbente que la otra. ¿Llegaría yo a poder transformarla, o ella misma comprendería? Porque, después de todo, ella había sido la que había decidido el cambio de mi vida como por real decreto.

Cuando llegué a su casa me pareció encontrarla muy bien dispuesta. Nada más verme con la cartera llena de libros soltó su delantal, me hizo ponerlos en la mesa del comedor y se enfrascó en ellos. Abrió la geografía, empezó a buscar algo y cuando yo, harta de esperar, iba a preguntarle qué leía, la cerró y me dijo:

–Estaba viendo el lugar que ocupa el Levante de España en la producción de la seda.

¡Qué extraña curiosidad me resultó aquello! Pero

no dije nada. Ella cogió unos cuantos libros en la mano, me dijo que recogiese el resto y que me instalase en el despacho; allí podría estudiar sin que nadie me molestase.

Detrás de nosotras, con sus pasos insensibles, entró mi profesor. Doña Luisa le dijo: «Ya ves que no estaba perdiendo el tiempo», y se fue en seguida. Él revisó mis libros en un momento y los desahució todos. Me dijo que había que pedir a Valladolid los textos del Instituto y se puso a hacer una lista.

Antes de que terminase, doña Luisa apareció en la puerta. Dijo:

–Os interrumpo porque sé que todavía no habéis empezado a trabajar en serio.

Se quedó un rato callada, apoyada en el borde de la mesa. Sus manos largas y tan delgadas que dejaban ver el movimiento de los tendones bajo la piel, tenían pegados alrededor de las uñas residuos de masa de harina. Ella empezó a quitárselos de unas con otras, diciendo al mismo tiempo:

–Mañana, cuando vengas, antes de ponerte a estudiar, tenemos que tomar las medidas para las estanterías de este despacho: los libros allá en el palomar deben estar ya alimentando a los ratones.

Cuando hubo terminado la lista, aunque no había dicho nada al hablar doña Luisa de las estanterías, mi profesor dijo echando una mirada alrededor de la habitación:

–Me aterra la idea de tener que ponerme un día a ordenar todos los libros.

Yo sentí que aquélla era la última frase de la tarde. Todo había quedado en preparativos. Dije «¡hasta mañana!» y me marché.

Al llegar ya cerca de casa, me acordé de que tenía pensado aquel día entrar por la puerta de detrás, pero todo había languidecido tanto aquella tarde, mi ánimo estaba tan apagado, que me dije a mí misma: ¿Para qué?, y seguí por el camino de siempre. Ya en el último momento, pensé: Es indigno desfallecer así. Torcí la esquina y entré por la puerta del huerto.

En la cocina estaban el ama y la criada, que no se asombraron al verme; me acerqué a calentarme las manos en la lumbre y pregunté de pronto:

–¿Vino hoy el médico?

–No, ¿por qué? –me dijo el ama con su acritud de costumbre.

Yo respondí:

–Por nada, me duele un poco la garganta. –Y añadí–: bien podría venir más frecuentemente y no dejar que mi padre se pase las tardes solo.

Nadie contestó. Disponiéndome ya a marchar, dije aún:

–¿No vino nadie hoy tampoco?

–Nadie –dijo el ama.

Fui al comedor. Mi tía no estaba allí. Abrí el aparador y comprobé la señal que yo había hecho en la etiqueta del coñac. Estaba apenas empezado cuando yo serví una copa y ahora faltaban casi dos tercios.

Aquella noche, en la mesa, observando ya con toda la certeza, fui midiendo las dimensiones del mal, los estragos que había hecho y los que podría hacer.

En un principio estaba tan abrumada que no me atrevía a levantar los ojos del plato, pero oía la manifestación que había dado origen a mi sospecha. En realidad, aquélla era la única: mi padre, cuando hablaba, pronunciaba muy mal. Lo que decía era perfectamente sensato, pero las erres sobre todo no podía pronunciarlas. A veces repetía una palabra y no conseguía que la segunda vez le saliese mejor que la primera.

Yo pensé: Probablemente no pasará de aquí, será un hábito adquirido en la campaña y tendrá la suficiente voluntad para no dejarlo crecer. Con esto me conformaba, pues no se me ocurrió ni siquiera pedir en el fondo de mi alma que disminuyese. Comprendí que era como una niebla artificial que formaba en torno suyo para quedar escondido, para aislarse. Vi también que mi tía estaba en el secreto y contribuía al aislamiento de la casa. Lo comprendí tan bien, que me propuse no estorbarles en su acuerdo.

Cuando me metí en la cama, mi tristeza era inmensa, pero al mismo tiempo me sentía descansar en ella: era como tocar tierra firme, sufría por algo verdaderamente doloroso, no me debatía como otras veces en aquellas aventuras angustiosas de mi imaginación. Todavía era capaz de sufrir de verdad por alguien; mi alma no estaba enteramente perdida.

Aquella noche dormí con un sueño maravilloso.

Era inevitable dar cuenta en mi casa de las nuevas ocupaciones que me había creado. Pensé hablar sólo a mi tía, pero no tenía ganas de verla poner los ojos en blanco sin dejarme llegar al fin, y con mi padre me era difícil hablar, sobre todo desde que conocía su estado, porque yo me esforzaba más de lo necesario en hacerle comprender y aquello mismo le estorbaba para entenderme más que su propio entorpecimiento.

Decidí hablar cuando estuviesen los dos juntos.

Así que por la mañana salí, compré las escobillas, y mientras mi padre tomaba el café me puse a limpiar las pipas. De paso, empecé a hablar de mis estudios, y empecé intencionadamente recordando cómo mi tía se había lamentado de mi abandono de los libros, que era lo que había inspirado a doña Luisa la idea de aquella decisión. Con esto no tuvo más remedio que asentir, puesto que ella había sido la inspiradora, pero sus lamentaciones empezaron en el acto, como si lo que yo estuviese diciendo quisiera decir: En vista de lo que tú dijiste, yo no estudiaré en la vida.

Claro que la pobre no se opuso ni un momento. No hacía más que repetir:

–¡A ver si quiere Dios, a ver si quiere Dios!

Afortunadamente, mi padre cortó sus lamentaciones, porque se le ocurrió preguntar en qué forma habría que pagar a aquellos señores el trabajo que se tomaban por mí. Yo le dije que la maestra, que les conocía bien, me había dicho que eran personas que no admitían nunca ser pagadas; ellos hacían aquello conmigo como lo habían hecho con otros chicos, por amor al estudio y nada más.

Mi padre, enteramente perplejo, exclamó:

–¡Eso es lo que no comprendo, que la gente trabaje por trabajar!

Yo vi en seguida que aquella idea le era antipática. Mi padre tenía un concepto del trabajo muy particular. Cuando se hablaba de mi tío Alberto, que se había creado tan buena posición en Berna, él decía siempre: «¡Mi hermano es muy trabajador!», como si dijese: «¡Mi hermano está completamente loco!».

En seguida intenté sugerirle alguna cosa que fuese más próxima a él y le dije:

–Me extraña que tú precisamente digas eso. No creo que todo lo que has hecho en África lo hayas hecho porque te pagaban.

Él exclamó en seguida:

–¡Claro que no, claro que no! Pero es muy diferente. Yo... es mi deber; un militar, ¿qué quieres que haga? Yo a eso no le llamo trabajar.

–Naturalmente –dije yo–, ellos tampoco se lo llaman a pasarse unas horas sobre los libros. Igual que tú, completamente igual. Es por un sentimiento por lo que lo hacen, no por la ganancia.

Mi padre dijo:

–Bueno, bueno, allá vosotros. Dentro de unos días es Navidad y se les puede hacer un buen regalo.

Yo había terminado con las pipas y me disponía a marcharme. Al despedirme de mi padre, se me quedó mirando y me dijo:

–Te has hecho una bachillera que eres capaz de hacerle a uno ver lo negro blanco.

Mi única reflexión fue: ¿Por qué tanta lucha, tanto manejo y tanto hacer equilibrios por cualquier cosa?

Debo reconocer que, en cambio, ni a mi padre ni a mi tía les costó nunca trabajo gastar dinero en mis caprichos. Mandé a pedir los libros con el cartero. Los trajo en el acto con la cuenta, la pagaron y nadie dijo más.

Las lecciones empezaron con regularidad, no con puntualidad, unos días de cinco a seis, otros de seis a siete, y se empezaron aunque estábamos ya en diciembre, pero nos pareció absurdo pensar en vacaciones cuando llevaba un año sin estudiar. Además, mi profesor dijo que precisamente en aquellos días que no tenía que ir al archivo podía ocuparse más de mí y luego marcharía yo sola sin sentir.

¡Sin sentir! Mi cabeza estaba como una máquina oxidada; me pasaba las mañanas estudiando y me cogía la frente con las manos como para sujetarla sobre los libros. Era imposible retener allí mi imaginación. Me hacía todo género de cargos a mí misma, porque sabía que una vez que llegase a casa de doña Luisa, aunque me instalase en el despacho con toda formalidad, ella vendría cada cinco minutos a proponerme una cosa. Inútil, estaba encerrada en mi cuarto, pero mi pensamiento estaba en el despacho aquel; era como si la viese llegar continuamente asomando la cabeza por la puerta y recordándome las mil tonterías que no llegaban nunca a dejar de preocuparme.

Continuamente me asaltaba la idea de si habría tomado mal las medidas de las estanterías, de si estaría bien encendida la estufa o si se habría apagado antes de que yo llegase.

Todas estas preocupaciones me obsesionaban mientras estaba en casa. Luego, una vez allí, no pensaba en nada, pero tampoco podía estudiar. Entonces empezaba el temor de que la puerta se abriese de pronto y las preguntas inoportunas espantasen mi recogimiento, y cuando al fin aparecía doña Luisa, hablaba un poco temerosamente y desaparecía en seguida, me quedaba después la preocupación de si habría estado poco amable con ella, de si le habría dejado entrever que ya no me interesaba por sus cosas.

Era tan difícil saber si algo la lastimaba, la contrariaba o la alegraba, que no había medio de seguir una táctica con ella; pero en realidad estaba entristecida y como desorientada a consecuencia de los hechos que ella misma había provocado.

Y lo peor era que su marido le hacía comprender su inoportunidad sin ningún miramiento. Él le contestaba bruscamente cuando entraba a preguntar algo, le lanzaba una mirada furibunda cada vez que abría la puerta, y, cuando se iba, la despedía con una sonrisita que parecía querer decir: Todo llega.

No sé por qué cuando yo veía que ni una línea de sus facciones cambiaba de expresión, pensaba siempre: No tiene serenidad, lo que le falta es serenidad; tiene tenacidad solamente.

Yo la veía dar vueltas por la casa como el que ha perdido algo, como el chico que ha dado su juguete y después lo siente, como el que quiere arreglar una cosa que no tiene arreglo; pero no desistía, esperaba su día, y, al fin, un día ella ganó.

Cuando llegué a su casa la encontré en el vestíbulo con la cara de siempre, pero más derecha, más llena de actividad. Me dijo en seguida:

–¿Sabes a cuánto estamos?

–A veintidós –respondí.

–Pues bien, mañana veintitrés nos lleva el médico en su tartana a Valladolid para comprar cosas. –Y añadió–: ¿Vienes?

Esto, antes no lo hubiera preguntado. Yo, sin titubear, alcé los hombros, como diciéndole que estaba de más la pregunta. Entonces dijo:

–Vamos a pensar bien lo que necesitamos.

Yo dejé los libros en la mesa del despacho y me fui con ella al comedor. Cuando don Daniel llegó quiso escandalizarse de nuestro desorden, pero ella zanjó toda cuestión diciendo:

–¿Qué quieres? Estos dos días que vienen son sagrados.

¿Para qué recordar la discusión familiar consabida? Duró más o menos y terminó como todas. A las siete y media estaba yo al balcón arreglada, esperando ver aparecer la tartana del médico.

En cuanto la vi doblar la esquina, me precipité por las escaleras, y antes de que llegase a parar abrí la portezuela y salté dentro. Pero el médico paró y bajó del pescante para darnos otra manta que iba bajo el asiento.

La tartana era confortable, bien cerrada por todas partes, con magníficos almohadones en los asientos y cueros de borrego en el suelo, donde se hundían los pies.

El médico nos ayudó a empaquetarnos bien en las mantas. A un lado, doña Luisa con la niñera y el chiquitín. Al otro, Luisito y yo. Le senté en mi falda para calentar sus piernas con las mías y nos dejamos envolver en la manta hasta la barbilla.

El médico, antes de cerrar la puerta, le dijo a doña Luisa:

–Cuando anoche su marido decía que acaso viniera con nosotros, ya sabía yo que él se quedaría bien arropado en la cama y que seríamos los demás los que nos echaríamos a pisar la escarcha de la mañanita.

–Yo también lo sabía –dijo ella.

La puerta se cerró y la tartana empezó a rodar.

Como estábamos una en frente de otra nos miramos sin decir nada, y aunque apenas había luz para vernos, yo distinguí que ella me decía con los ojos: ¡Vamos bien!, ¿eh? Vamos bien así.

Yo le sonreí, pegando mi cara a la de Luisito, que sonrió conmigo.

Cuando empezó a clarear fui fijándome en lo bien vestida que iba. Yo no la había visto nunca en traje de ciudad y me quedé maravillada. Llevaba un abrigo muy gordo a cuadritos, color tabaco, con grandes solapas de nutria, y un pequeño *canotier* del mismo color, con cinta de terciopelo.

De pronto me acordé de lo que había dicho mi padre días antes. Era preciso encontrar un regalo bonito; seguramente descubriría en alguna tienda algo que mereciese la pena. Pero ¿qué género de regalo y para cuál de los dos? Una cosa para el comedor era prosaico; para el despacho era difícil; las paredes iban a quedar enteramente cubiertas por las estanterías, y sobre la mesa ni pensarlo: aquello era el reino del mono y ni el regalo de un sultán podría destronarle. De pronto tuve una idea, y debió darme tal chispazo en la cara, que doña Luisa me preguntó:

–¿Qué vas pensando?

Yo dije:

–Nada, un complot, estaba tramando un complot, pero no puedo contarlo hasta dentro de unos días.

Creyó que era una evasiva y no me preguntó más; cogió al chiquitín, que estaba dormido todo el tiempo, enteramente oculto entre toquillones blancos, y dijo:

–El caso es que tengo que darle algo antes de llegar, porque ya es su hora.

Fue difícil, pero ella consiguió adaptarle no sé cómo. Estaba tan extraña con su *canotier* y sus solapas de cazador entreabiertas, entre las que le asomaba el pecho izquierdo con una vena transparentándose tanto, que parecía una *y* griega dibujada con tinta azul.

Yo la miraba desde mi asiento y pensaba: Qué bien estaría si en vez de llevar esas mantas ordinarias de Palencia llevase los pies envueltos en una de esas mantas afelpadas que parecen de piel de leopardo. Tengo que encontrarla, me dije, y para que ella no me viese otra vez sonreír me volví a mirar por entre las cortinillas del coche.

Estábamos ya en La Rubia; miré, al pasar por «El Edén», el merendero que yo adoraba en verano, cuando su arboleda estaba cuajada de mirlos y vi, entre las ramas peladas, las mesas en sus balconcillos sobre el río, todo cubierto por la pelusa de la escarcha.

El sol estaba ya alto, pero no calentaba. Cuando llegamos, cerca ya de las diez, el frío era horroroso, pero las calles hervían de animación.

El médico guardaba su tartana en casa de un boticario que tenía un corralón en la calle de Miguel Iscar; nos despedimos de él, quedando en volver a encontrarnos allí.

Fuimos en seguida al mercado del Val, y del Val al Campillo; de allí salimos con un chico cargado de apios, cardos, lombardas y besugos, que fue a depositarlo todo en casa del boticario.

Después, en los soportales de la acera compramos embutidos en las salchicherías, y en las tiendas de ultramarinos aceitunas y barrilitos de ostras. Al fin entramos en casa de Rodríguez.

La aglomeración de gente era tal, que habían tenido que quitar los veladores, pero en el fondo de un rincón había quedado uno que nadie ocupaba, porque la gente, señoras en su mayoría, se agolpaba junto al mostrador.

Nosotras instalamos a la niñera con los niños en el rincón, y nos dispusimos a luchar como las demás.

Doña Luisa dijo:

–El caso es que son ya las doce y el niño hace más de dos horas que no toma nada; mejor será darle ahora porque ¿quién sabe cuándo saldremos de aquí?

Este ejercicio lo hacía, claro está, todos los días, cada dos horas, pero en casa no tenía la menor importancia. Aquel día, en cambio, resultaba un conflicto y teníamos la sensación de que había que hacerlo cada cinco minutos.

Se sentó entre el velador y el rincón, ladeando la silla un poco hacia la pared, y volvió a instalar al pequeño entre sus solapas.

Se colocó con tanto disimulo que nadie veía lo que estaba haciendo. Apoyó el codo en el velador y volviendo hacia atrás la cabeza, me dijo:

–Tú ve filtrándote por ahí, y, en cuanto llegues al mostrador, pide. Ya sabes, nada más las figuritas de mazapán, las peladillas y la pasta para la sopa de almendras. Los turrones iremos a buscarlos al puesto de los valencianos.

Intenté cumplir mi empresa, pero no había ni una sola grieta en aquel apiñamiento de mujeres y yo empezaba ya a desfallecer de sofocación cuando oí un grito: un ¡ay! no muy fuerte, pero ¡tan horrible! Me volví y vi que doña Luisa se levantaba y ponía su niño en las manos de una señora que estaba junto a ella. No comprendí qué pasaba; sólo vi que ella seguía gritando: «¡Ay Dios mío, ay Dios mío!», con una voz cada vez más aguda.

Tenía en las manos un pañuelo; clavó en él las uñas y lo desgarró. Su cara no había contraído un solo músculo, pero en sus ojos había como una ceguedad brutal que parecía que no podía terminar más que en la locura.

Alrededor de la señora que tenía el niño se había formado un corro. Yo no sé cómo llegué junto a ella y vi que el niño estaba amoratado, rígido y como sin respiración. No duró más que un instante; reaccionó en seguida, le salió la leche por las naricillas y empezó a llorar; se lo arrebaté y se lo llevé a su madre.

Yo gritaba: «¡Ya está bien, no ha sido nada, absolutamente nada!», pero ella no me oía. Quise ponerle el niño en los brazos para que se convenciese, pero comprendí que no podía tenerle: estaba aún crispada, desgarrando el pañuelo, y entonces vi por primera vez formársele un pliegue recto entre las cejas. Con aquel pliegue sacudió su sufrimiento y volvió a la razón. Se dejó caer en la silla y dijo:

–¡Ay, qué susto más horrible, qué susto más espantoso!

Nos fuimos de allí por entre todas aquellas mujeres que hacían comentarios. Doña Luisa dijo:

–Vamos a comer a cualquier sitio, es necesario tomar en seguida una sopa bien caliente.

Nos metimos en el restaurante Castilla.

Después de la comida todo había pasado y se reanudaron las compras. Cuando hubimos terminado con las cosas necesarias, tuvimos tiempo aún para andar por las tiendas de juguetes comprando cosas para el niño. Él quería detenerse en cada uno de los puestos que había bajo los soportales, y yo tiraba de él diciéndole:

–Ven, que en casa de Guillén hay cosas mejores.

Su madre me decía que el niño era demasiado pequeño para apreciar la diferencia, pero yo les arrastré hasta allí, les metí dentro de la tienda, pasé de la sección de juguetes a la de artículos de viaje, y allí, en un estante bajo, a la altura de la mano, estaba la manta tal como yo la había imaginado: exacta. Yo no hice más que señalarla con los ojos y doña Luisa le pasó la mano diciendo:

–¡Qué suave es! Parece una fierecita echada ahí.

Entonces les dejé volver a los juguetes.

Íbamos ya hacia el coche cuando doña Luisa exclamó:

–¡La fruta! Se nos ha olvidado comprar fruta fina, no tenemos más que granadas.

Volvimos a remontar la calle de Santiago hasta el primer trozo. Allí entramos en aquella frutería pequeñita llena siempre de frutas de otras tierras. Parecía increíble estar respirando el hielo en la calle y entrar a oler las piñas de América y las limas colgadas en grandes guirnaldas por las paredes.

En aquel momento me di cuenta de que don Daniel no había venido. Pensé: ¡Si hubiera venido él, habría dicho algo de esto! Claro que puedo contárselo, pero si se lo cuento yo no será más que una tontería. En cambio, si me lo contase él a mí... Lo estaba viendo y me parecía una cosa que él me había contado.

En un rincón de la tienda había flores, unas flores miserables que quedaban ya como restos y, sobre un banco de madera, tallos cortados y trozos de cordel, como si hubiesen estado confeccionando ramos. Entre ellos descubrí una minúscula rosa de té. Era un capullito tan pequeño, que había quedado allí oculto por unas hojas. Lo cogí, pensando pedírselo al dependiente, pero nadie me hizo caso y me decidí a llevármelo. Al salir se lo prendí a doña Luisa en la solapa y ella exclamó:

–¿Dónde has encontrado este portento? Precisamente me había yo fijado en las flores sintiendo que no hubiera nada que poder comprar.

Fuimos por el camino hablando de flores, proyectando poner en la primavera tulipanes y en el otoño crisantemos. Me fue explicando todo lo que había que hacer para cultivarlos, hasta que llegamos a casa del boticario.

Allí empezó el acomodar las compras en el coche. El médico iba y venía detrás de nosotras, ayudándonos a trasladar paquetes. Yo, mientras, iba sugiriéndole a ella en voz baja la idea de que le preguntase si no le molestaría mucho parar un momento en casa de mi abuela para que yo subiese en un salto a felicitarles las Pascuas, porque no estaba bien que supiesen que había estado en Valladolid sin ir a verlas.

La proposición fue aceptada y diez minutos después entraba yo como una tromba en el gabinete donde mi abuela hacía su tricot y mis dos tías bordaban.

Besos, exclamaciones. Decían las tres a un tiempo: «Estás desconocida, estás desconocida».

Yo hablé lo más que se puede hablar en el menor espacio de tiempo. Volví a besarlas y al salir me llevé a mi tía Inés hacia el pasillo. Allí le expliqué que mi tía Aurelia me había recomendado darle bien los detalles de un encargo que pensaba hacerle. Se trataba de comprarle una cosa para un regalo. Iban a mandarle un papelito con el cartero al otro día, pero para que no hubiese confusiones yo había quedado en explicar bien de qué se trataba. Le describí la calidad, color, dimensiones y lugar donde se encontraba la manta, como para ir a buscarla con los ojos cerrados.

Cuando yo volví a estar dentro de la tartana, rodamos otra vez hacia Simancas y volvimos a pasar otro largo rato en la penumbra del coche, calladas por no despertar a los niños.

El día había sido feliz; solamente hubo aquel momento horroroso en la confitería, pero la calma había vuelto y yo estaba segura de que aquellos rasgos tan correctos, como sólo se encuentran en las figuras que decoran las monedas o las orlas de los diplomas, seguirían envueltos en la sombra, quietos como siempre, hasta que llegásemos a casa.

Desde mi sitio sólo distinguía la rosa de té que me parecía que iba sentada en la solapa de nutria.

Sería estúpido dorarme la píldora a mí misma: en aquellos dos días siguientes me hundí con más pasión que nunca en las cosas que estaba proponiéndome evitar.

Todo el arte que desplegaba a diario en mis enredos y que interiormente me dejaba muy orgullosa porque yo me decía a mí misma que tenía fines muy altos, lo desplegué aquellos días desenfrenadamente en futilezas.

Yo no recuerdo cómo arrastré al médico a mi casa y menos aún cómo le obligué a decir que no era conveniente que yo me viese privada de la alegría de aquellas fiestas que mi padre se oponía rotundamente a celebrar en casa. No recuerdo cómo le sugerí que se ofreciese a ser embajador de la invitación de doña Luisa; el caso es que se puso a contar que él, como solterón sin familia, cenaría las dos noches en casa de sus amigos y que no le costaba ningún trabajo acompañarme a la vuelta. A fin de cuentas, de esto era de lo que se trataba.

La noche de Nochebuena pasó ligera, porque doña Luisa había prometido tocar en el coro en la misa del Gallo y, para que pudiesen asistir hasta las criadas, todo se preparó de prisa y con sencillez.

Las chicas que iban a cantar los villancicos vinieron a ensayar por la tarde, así que no tuvimos mucho tiempo para preparativos.

Doña Luisa había dicho: «Estos dos días son sagrados», y aquella frase me pasaba con frecuencia por la cabeza como justificación de todo. Recuerdo que me vino a la memoria algunas veces al levantar la tapadera de una cacerola. Había un misterio, había una fuerza mágica en los olores de aquellos días.

Cuando abríamos el horno donde el pavo se doraba en la manteca, cuando espolvoreábamos la canela en la sopa de almendras caliente, cuando cortábamos las pencas de apio sobre la ensalada de escarola y granada, los olores de aquellas cosas nos hablaban y nos mantenían en una animación que nos impedía cansarnos de aquel trajinar.

Teníamos las manos húmedas y heladas y los carrillos ardiendo de inclinarnos sobre el fogón, pero estábamos alegres e incansables y cada ráfaga de vapor oloroso que nos pasaba por la cara nos hacía cambiar una mirada.

Doña Luisa, llena de confianza en su maestría, me decía: «Ya verás tú, ya verás tú».

No faltó nada en la mesa. Cuando hubo puesto la guirnalda de acebo, doña Luisa dijo:

–Esto estaría más bonito con una luz suave, pero yo voy a poner una fuerte; para las cuatro moscas que somos vale más que la luz sea alegre.

Y puso bajo la pantalla una gran lámpara.

A mí precisamente aquello de ser tan pocos era lo que me encantaba, a diferencia de las Navidades de casa de mi abuela, donde siempre éramos en la mesa veintitantas personas que no tenían nada que decirse y que se agitaban estúpidamente hasta lograr un poco de barullo.

La mesa bien iluminada y el brillante acebo resaltando sobre el mantel eran lo único que imponía carácter de fiesta. Por lo demás comimos casi en silencio todas aquellas cosas exquisitas y ni siquiera hubo los taponazos del champán; en las manos de don Daniel las botellas perdían sus corchos sin meter ruido, soltando sólo un humillo como una gasa al inclinarse sobre las copas.

Como doña Luisa no podía tomar otra cosa a causa de la crianza, fue lo único que se bebió durante la comida; después, a los postres, ella instó a todos a pasar de allí e hizo traer junto a la mesa una mesita con ruedas cargada en sus dos pisos de botellas de todas clases.

Doña Luisa cogió dos y me hizo el gesto de picardía con que ella acompañaba aquellas cosas. Sirvió una copa, que dio al médico para que me la pasase a mí, y me dijo: «Esto con los turrones: Cariñena, y después esto con el café», y me alargó también una copita de Marie Brizard.

Don Daniel arrastró hacia sí la mesita y empezó a ojear aquel batallón. Comentaba cada una de las etiquetas con letras y estilos de todos los pueblos de Europa, como si fuesen libros. Las destapaba, las olía, se las pasaba al médico: probaban de todo.

En la mesita había también una caja de puros; yo vi que faltaban ceniceros y se me ocurrió ir a buscarlos al despacho. Cuando volví, el médico me había quitado mi puesto, y al verme entrar me dijo: «Tú perdiste la silla, pero el que fue a Sevilla fui yo».

Todos se rieron, pero a mí aquella gracia me resultó odiosa y vulgar.

Aquello ya no tenía arreglo. Los dos se habían acercado hacia el ángulo de la mesa, dejando entre ellos la mesita de las botellas. Habían encendido dos puros y hablaban ya de lo de siempre.

Yo no sé de qué era aquella conversación interminable que empezaba todos los días a la puerta del castillo; tenía un carácter especial que no era secreto; siempre hablaban alto delante de todo el mundo como si a pesar de ello nadie fuese a comprender, y así era. Yo me atrevería a decir que, incluso de ellos dos, sólo uno comprendía.

También en los dos minutos que había durado mi ausencia había aparecido en el comedor la niñera con Luisito, que se había desvelado al notar la falta de su madre y había exigido que le llevasen con ella.

Sin vestir, envuelto en un chal de lana, doña Luisa le acomodó en su falda y empezó a darle de todo lo que había quedado sobre la mesa: frutas escarchadas, mazapán... Yo cogí la silla que el médico había dejado y me acerqué a ella, en el ángulo opuesto de los que conversaban.

La aparición del niño había acabado de aislarnos, y yo me decía con desesperación: Si no hubiera venido, acaso nos hubiésemos acercado allí también nosotras; pero no, tampoco en ese caso nos hubiésemos acercado porque doña Luisa no se sentía lejos.

Esto era lo que yo no acababa de comprender. Ella sabía más que yo de todo. Era verdaderamente instruida, y, sin embargo, se mantenía sin sufrimiento a aquella distancia, porque no dejaba enteramente de prestar una cierta atención a lo que decían. Dos o tres veces intervino, yo no sé si con acierto o sin él; pero una de ellas, en un momento en que don Daniel titubeaba a propósito de un libro de que estaban hablando, ella apuntó en seguida: «Eso viene en el cajón número tres». Sin volver siquiera la cabeza, sin dejar de atender al pedazo de guirlache que sostenía con dos dedos y que Luisito roía sin rechistar.

¿Por qué, en cambio, yo, que no podía decir ni una palabra, no podía tampoco desprender de allí mis cinco sentidos?

Estuve mil veces a punto de preguntarle de qué hablaban, pero temí que su respuesta, aun siendo exacta, no me diese ninguna luz. Yo pensaba que me faltaba el principio, que nunca llegaría a comprender sin haber oído lo que habían dicho antes, pero no momentos antes, sino días antes, siglos antes. Porque en realidad las palabras eran las que se emplean todos los días: varias veces oí la palabra amor, y, sin embargo, sabía que no hablaban de amores.

Al fin me pareció comprender que hablaban de

alguien, pero no sabía si era de alguien que conocían o si era de un personaje legendario. Aludían a lo que hizo o a lo que dijo en tal ocasión. Don Daniel dijo, esto lo recuerdo punto por punto: «Cuando más me gusta es cuando se pone a considerar las peripecias de la vida». Dijo así exactamente, y añadió: «¡Aquello de la lagartija que atrapa la mosca!». Y se quedó callado.

Yo me dije: «Si siguiera contando eso yo comprendería; parece una cosa tan sencilla.» Pero no siguió; todo el mundo debía saber aquella historia de la mosca y la lagartija.

Miré a doña Luisa y sí, ella la sabía, pero si ella me la hubiera contado no me hubiese dado con ello acceso a la conversación.

El médico hablaba con su voz opaca, de la que no se podía esperar que se destacase un punto luminoso. De pronto, don Daniel le interrumpió diciendo: «No, no es la santidad lo mejor de San Agustín».

Me pareció sentir un golpe en la frente: ¡de esto era de lo que hablaban!

Una ola de tristeza, de terror, de remordimiento me dominó como una amenaza espantosa, como si tuviese delante de mí a alguien que me estuviese mirando sin piedad.

¿Por qué, por qué hablar de San Agustín en aquella ocasión, Dios mío, para que yo tuviese que acordarme de su terrible madre?

Luchando como para salir de una pesadilla, me esforcé en abrir bien los ojos, diciéndome a mí misma que si era de aquello de lo que hablaban no había ninguna razón para que yo no comprendiese; pero paseaba la mirada del uno al otro y notaba que en ella mi entendimiento se arrastraba como una mosca con las alas mojadas. Había algo pesado, algo pegajoso que me quitaba la agilidad: aquella comida, aquellos vinos que me pesaban en los párpados como si tuviese la cara cerca de una llama.

Esto estaba claro; con menos inteligencia de la que me quedaba en aquel momento hubiera podido comprenderlo; lo otro, jamás.

Las palabras que llegaban hasta mí volvieron a hacerse misteriosas; volvieron las alusiones a hechos o anécdotas cuyo sentido ya no podía ni sospechar.

Probablemente San Agustín estuvo tan lejos de su madre como aquel ángulo de la mesa del que yo ocupaba; del que ocupábamos nosotras, las mujeres. Desde aquí sólo se comprendía, no ya la voz de Santa Mónica, que al fin y al cabo era alguien, sino la de su aya amonestando con aquellas palabras: «Cuando seas ama de casa y tengas las llaves de la despensa»...

Pero ¿es que en realidad aquello rezaba con nosotras? ¿Es que aquello tenía algo que ver con doña Luisa, que estaba allí, con su frente de ángel, con su nariz en medio de la cara como una columnita, con su niño dormido sobre el pecho?...

Esta vez fue mirándola a ella cuando sentí que se me cerraban los ojos para ocultar un enternecimiento lleno de tristeza y de confusión.

Ella me dijo: «¿Tienes sueño?». Y yo asentí. Me alargó una mano, dejando el brazo extendido sobre la mesa; yo la cogí entre las mías y sentí que mi cabeza iba a caer sobre ella, pero me defendí aún un momento.

La conversación ya no era más que ruido para mí. No conseguía entender distintamente ni las palabras, pero en los ademanes, en el aspecto de las dos fisonomías entendía al menos cómo lo estaban pasando.

El médico tenía los carrillos arrebatados, brillantes, movía la cabeza y las manos torpemente, se recostaba de cuando en cuando en el respaldo de la silla. Don Daniel estaba pálido como siempre, permanecía derecho, sin tocar la silla con el cuerpo. Cuando no hablaba, sostenía el puro con los dientes contrayendo los labios en un gesto que parecía sonrisa, pero que no lo era. Sólo sus ojos brillaban más que de ordinario, pero con un brillo oscuro. Era como si tuviesen más brillo y más sombra al mismo tiempo.

En sus manos la misma elegancia de siempre; la botella de kirsch seguía vaciándose en su copa, pero él parecía cada vez más ágil, más ligero.

Contemplándole aún, apoyé mi mejilla en la mano de doña Luisa, que aún retenía, y seguí largo rato echada sobre ella, no sé si dormida o no. Al menos, no luché más por comprender, cerré los ojos y seguí acariciando dentro de mi cabeza todas aquellas cosas queridas. Así conseguí sentirme un momento superior a mí misma.

Salí de allí casi inconsciente; sólo recuerdo que el frío me hizo empezar a darme cuenta de que marchaba al lado del médico hacia casa. El empedrado de las calles me parecía tan extraño y tan próximo a mi cara como si hubiese andado a gatas. Aquel señor, que acaso no marchaba más firme que yo, bastaba para conducirme, y si hubiese llegado a caerme, él me habría recogido; sin embargo, no éramos amigos, no. Ya en la puerta, le di las gracias, no menos heladas que el ambiente, y así terminaron aquellos dos días sagrados.

Hubiera podido pasar también allí la noche de Año Nuevo, pero no quise contrariar más a mi familia y accedí a quedarme en casa y a meterme en la cama a las nueve.

Fui sólo por la tarde a casa de doña Luisa. Por la mañana le habían enviado con la criada la manta, que hasta ese día no había conseguido hacer llegar.

Se la mandé llena de dudas. Estaba ya tan lejos el momento en que se me había ocurrido, que me parecía el regalo más sin sentido y menos a propósito que pudiera hacérsele; pero, en fin, una vez enviada tuve que decidirme a afrontar el efecto que hubiese hecho.

Cuando llegué, la manta estaba sobre la mesa del comedor, al lado de la gran caja donde la habían llevado y todos los papeles y cintas con que venía envuelta. Doña Luisa la acariciaba lo mismo que había hecho en la tienda: estaba encantada.

Cuando llegó don Daniel, le dijo:

–¿Qué te parece, qué te parece la ocurrencia de esta chica?

Y él, en vez de contestarle a ella, se quedó mirándome, con las manos en los bolsillos, y me dijo:

–Me parece que si tú fueras un caballerito tendrías el arte de hacer regalos a las damas, y me parece también que a ti te gustaría mucho algunas veces ser un caballerito.

¿Qué quiso decir con esto? No lo sé; pensé en un momento que me comprendía, que se daba cuenta de que yo estaba descontenta de ser como era, pero no, no estoy segura de que fuera eso lo que quería decir.

Yo me reí, un poco azorada, y pensé que pronto

llegaría a explicármelo. Íbamos a volver a estudiar largamente, a recomenzar aquellas lecciones que, empezasen como empezasen, tenían siempre algún oasis, alguna isla inesperada en la que se podía encontrar todo lo que se quisiera.

El año había terminado, pero no cambió nada, no se empezó una vida nueva; al contrario, vivimos como de las sobras del año anterior; todo se fue agotando, todo se fue amorteciendo.

¡Los dos primeros meses de este año me parecen tan lejanos! ¿Qué pasó en esos sesenta días? Nada: llovió y nevó y vivimos tan empequeñecidos como los lirones.

Puede que fuese yo sola la que sufrió ese apagamiento; el caso es que cuando me acuerdo de lo que hice durante esos dos meses, el único recurso que tengo para defenderme de la vergüenza que me da es pensar que debe haber algún misterio en ello, porque no puedo decir que me vencieran los acontecimientos. Yo tenía mis proyectos, mis deseos, mis ambiciones, y nadie se me opuso; fui yo misma la que languidecí como si me hubiese echado a dormir.

¡Es imposible! Es imposible que yo, tal como soy ahora, fuese como era hace unos meses, y me da miedo pensar que acaso toda la vida tendré esas lagunas, caeré de cuando en cuando en esos pozos.

No tiene ningún sentido escribir esto, es infinitamente estúpido y bochornoso; y, sin embargo, necesito decirlo, quiero hacerle esta advertencia a mi orgullo. Yo no soy nada excepcional; consigo encaramarme algunos ratos a una altura maravillosa y después caigo a lo que soy, lo mismo que cualquiera. El caso es que durante aquellos meses, después de atravesar la nieve y el lodo para llegar a casa de doña Luisa, yo me encerraba allí, en el despacho, delante de un libro abierto, y no lo miraba; pero no porque soñase o pensase en otras cosas, no. No pensaba en nada; reaccionaba poco a poco, después de frotarme las manos amoratadas, y la mayor parte del tiempo hacía pompas de saliva.

Ésta es la pura verdad. Hacía una pequeña pompa entre los labios y la cogía con el rabo del palillero que sostenía en una mano; hacía otra y la cogía con la punta del lápiz, y entonces las juntaba para que se fundiesen en una mayor.

Era muy difícil; casi siempre reventaban, pero algunas veces conseguí reunir tres o cuatro.

Parece imposible, pero de esto no hace más que unos meses.

El mes de marzo ya fue diferente. En los primeros días hacía todavía un frío horroroso, pero la luz era ya de primavera y se atrevía uno a desafiarlo.

El hombre que venía a arreglarnos el jardín me había dicho que su mujer acababa de tener un niño muy hermoso, y yo había prometido ir a verle. Vivían en una huerta que cultivaban del otro lado del río, y un día, después de comer, me fui a su casa; mi tía me dio un paquete de cosillas para la mujer.

En su cocina de debajo de la campana del hogar salía ese olor purísimo de la retama quemada, y el poco de humo que se escapaba por la habitación hacía denso el ambiente. Tenían las puertas y ventanas cerradas para que no se enfriase el niño.

Cuando me acerqué al rincón donde estaba la

cuna, un olor más penetrante sobresalió, anulando los otros.

El pequeño, gordísimo, abotargado, se revolvía entre sus envolturas de lana. Parecía satisfecho y al mismo tiempo incómodo, pero no porque le molestase nada, sino porque luchaba con esa indecisión que tienen los niños recién nacidos. Y el olor aquel tan penetrante, me parecía que olía a su mal humor.

Estuve allí mucho rato, me atracaron de pastas; al fin me marché y al salir me pareció que el frío me clavaba las uñas en los párpados y en la nariz.

Iba ya pasando el puente, hacia el pueblo, cuando vi venir hacia mí a una muchacha que parecía criada de alguna casa buena. Traía un cesto al brazo y yo pensé que iría a llevar un regalo a la mujer del jardinero.

Me fijé en ella desde un principio, pero no me di cuenta de que iba acortando el paso y maquinalmente lo acorté yo también. No sé por qué no sospeché ni un momento que ella fuese a pararse, pero al llegar cerca de ella me paré, me asomé a la barandilla, y ella también se asomó. Yo miraba al agua, pero de reojo vi que la muchacha metía la mano en el cesto y tiraba algo al río. Una, dos, tres, cuatro cosas pequeñitas cayeron al agua antes de que yo me diese cuenta: eran cuatro perritos. Entonces me volví y vi la cara horrible de la chica. Claro que yo sabía de toda la vida que la gente tira al río los perritos que no quiere criar, pero ¡que una muchacha joven pudiera hacerlo!

Estábamos casi en un extremo del puente, donde el agua no era profunda y se detenía arremolinándose entre las piedras y raíces de la orilla. Se quedaron mucho rato en uno de aquellos remansos, luchando; parece imposible, pero nadaban, conseguían flotar, braceando con sus ademanes de recién nacidos, sin que el agua helada consiguiese apagar la fuerza de su desesperación.

Al fin, la corriente fue llevándoselos.

Yo tanteé desde allí las posibilidades que había de bajar a sacarlos, pero era muy difícil; cuando hubiera llegado, ya sería inútil, no habrían sobrevivido después de aquel baño.

Cuando se alejaban en la corriente eran ya como viejecitos.

Creí notar que la chica iba a hacer algún comentario y me marché corriendo por no volver a encontrar sus ojos.

No sentí más el frío; mi cuerpo estaba mucho más frío que el ambiente. Me parecía imposible llegar a casa de doña Luisa. Tenía que poner toda mi atención en respirar, y cada vez que lo hacía me parecía que era la última. La impresión pasada se había borrado de mi imaginación; ya no podía pensar nada más que en que tenía que respirar, otra vez, todavía otra vez.

Llegué al portal, pasé por el pasillo y no sentí haber entrado, no noté que la temperatura de la casa fuese diferente de la de fuera.

Cuando entré en el comedor, me miraron consternados. No sé cómo, expliqué lo que había visto, y doña Luisa exclamó:

–Te has impresionado mucho, bebe un poco de agua.

Don Daniel le arrebató el vaso.

–¡Qué ocurrencia –gritó–, un vaso de agua! ¿No ves que está enteramente inhibida?

Echó en el vaso dos dedos de ron y me lo hizo beber de un trago. Me llevó al despacho; en el sofá había unos cuantos almohadones y la manta afelpada; parecía que él había dormido allí la siesta.

Me hizo echar en el sofá, me envolvió en la manta y me dijo:

–Duerme un poco.

Fue hacia la puerta y al salir se volvió a mirarme, se quedó un rato mirándome, apoyado en el quicio.

Aunque ha pasado mucho tiempo, todavía no comprendo; tienen que pasar muchos años para que yo comprenda aquella mirada, y a veces querría que mi vida fuese larga para contemplarla toda la vida; a veces creo que por más que la contemple ya es inútil comprenderla.

Alrededor de aquella mirada empezó a aparecer una sonrisa o más bien algo semejante a una sonrisa, que me exigía a mí sonreír. Era como si él estuviese viendo dentro de mis ojos el horror de lo que yo había visto. Parecía que él también estaba mirando algo monstruoso, algo que le inspirase un terror fuera de lo natural y, sin embargo, sonreía.

Yo sentí que el ron empezaba a envolverme en una oleada de calor; dejé de mirarle, no sé cuánto tiempo estuvo en la puerta. Me adormecí respirando profundamente: todavía pensaba en respirar.

Cuando abrí los ojos, vi que daba un poco de sol en el jardín. Todo el día había estado el cielo cubierto, y al ponerse el sol asomaba por entre unas ráfagas de nubes que parecían las últimas y que fueron las últimas del invierno.

Al otro día, al llegar, creí que no había nadie en la casa. Vi en el fondo del jardín a la cocinera y le grité:

–¿No está doña Luisa?

–Sí –dijo–, está en la galería.

La encontré bajo aquella luz cruda, por estar aún la parra sin hojas, con un espejo en la mano y unas pinzas; estaba rebuscando media docena de canas que le salían en las sienes.

Nada más verme, me dijo:

–Oye, no vuelvas a llamarme doña Luisa, que no soy tan vieja.

–Ni tanto ni nada –le dije–; usted no tiene edad, parece que ha nacido así.

No quiso recoger el halago que había en mis palabras; me dijo con su impasibilidad de siempre:

–Podría muy bien ser tu madre.

Y yo repuse:

–Pues, a veces, me parece que por dentro podría yo ser la suya.

Contestó en el mismo tono:

–En ese caso voy a tener que respetarte.

–¡Oh!, no diga usted esa palabra repugnante. Le aseguro que me suena como una mala palabra. No sé si porque cuando quiero a alguien no me es necesaria o si porque se la he oído sólo a personas a quienes no puedo querer.

Su cara siguió inalterable, pero sus manos titubearon. No fue temblor, sino desconcierto lo que las alteró; se cambiaron el espejo y las pinzas de una a otra varias veces. ¿Tenía miedo de seguir aquella conversación? ¿Le faltaban fuerzas? Maquinalmente, se miró un rato en el espejo como para reconfortarse con la serenidad de su propia imagen; después, hizo como que escuchaba algo y dijo:

–¿No te parece que llora Luisito?

Echó a correr escaleras arriba; yo sabía bien que el niño no lloraba.

Y nuevamente por aquellos días yo volví a retroceder, pero no hacia el atontamiento como durante el invierno; más lejos: volví a reanudar las fantasías, los ensueños de cuando era pequeñísima.

Todas aquellas invenciones absurdas con las que entretenía mi imaginación cuando aún no tenía seriedad para ocuparme de las cosas reales, volvieron a revolotearme alrededor a cada momento. Estudiaba mal, y hasta escuchaba mal a don Daniel.

Hacía como si le escuchase con una atención enorme, pero en realidad no hacía más que mirarle. Me entretenía en observar cómo le nacía el pelo en las sienes, cómo se le recortaba alrededor de las orejas y cómo la barba le formaba distintas corrientes que partían de junto a la boca.

No podía observarle tan minuciosamente más que en numerosos intentos. Mientras él hablaba, yo iba pensando en los detalles que me faltaban; entonces le miraba fijamente, como para comprender lo que decía, y me cercioraba bien de cómo brotaban en el borde de sus párpados las pestañas, brillantes y negras como de laca.

Yo bajaba los ojos a la mesa, y cuando volvía a hablar volvía a mirarle, estudiando el dibujo de su nariz casi recta, el contorno de sus labios más bien pálidos, más bien finos, y dibujados con tanta precisión, tan rigurosamente ajustadas las curvas del uno a las del otro, que parecía que pensaba con ellos o que su boca era una boca pensada, delineada: era un modelo, lo que se dice un paradigma.

Pero mis delirios no pararon en la observación. Una de las primeras tardes calurosas, cuando llegó, bajo el sol, por toda la carretera desde el castillo, tiró la chaqueta en una butaca y se sentó junto a la mesa. Como siempre, de espaldas a la puerta de cristales. Al poco tiempo empecé a observar la luz que atravesaba su camisa. Al inclinarse apoyándose en el brazo del sillón, la camisa se le ahuecaba un poco y dejaba ver la parte lateral de su torso, no el pecho sino el costado, donde se le marcaban un poco las costillas, bajo una piel que parecía dorada, entre la blancura de la camisa.

Igual que años atrás, completamente igual que cuando me desataba en aquellos juegos de mi imaginación que no admitían barreras, igual me lancé a fantasear, a vivir en aquel clima, entre la luz de la zona aquella que me parecía a veces una gruta, a veces una selva. Era una región transparente por donde yo marchaba: dominaba su extensión, adivinaba lo que sería en ella el amanecer y el anochecer, lo que serían las estaciones.

Pocas veces he podido trasladarme tan enteramente a uno de esos lugares de mis ensueños. Tan profundamente me perdí en él, que don Daniel notó mi ausencia. Me dijo:

–No sé qué tienes hoy que no comprendes nada; a veces temo hacerte estudiar demasiado.

Yo protesté y justifiqué de mil modos mi distracción. Inventé un disgusto familiar de poca importancia. Don Daniel me dijo:

–En todo caso, hoy es inútil que te esfuerces.

Cerró el libro que tenía en la mano y se quedó mirándome fijamente, pero no intensamente, como si supiese que no iba a sacar nada con mirarme: dejó caer sobre mí su mirada con desánimo.

Yo veía que había en él una confusión y un malestar que no se avenía a dejar así. Sabía que no podía penetrar mis pensamientos, pero quería al menos arrancarme de ellos.

Abrió un cajón de la mesa y sacó una caja de madera; la echó sobre el sofá y me dijo:

–Toma, entreténte en ver fotografías; mientras, yo escribiré alguna carta.

Me enfrasqué en las fotografías: quería ser obediente.

Eran casi todas retratos de familia y yo no quise interrumpirle preguntándole por cada personaje. Había también algunas de casas y cortijos de Sevilla y supuse que en alguno de aquellos sitios habría vivido él de niño. Las aparté para preguntarle cuando terminase de escribir.

Pocos minutos después volvió la cabeza; le pregunté y me señaló, en uno de aquellos campos, dónde quedaba la finca de sus padres.

Había otras de rincones pintorescos, con rejas y muchachas asomadas entre las flores y hombres abajo con la guitarra. Don Daniel me dijo que ésas eran cosas hechas para los turistas, que ya no se veía nada de eso, porque a la gente joven de hoy día ya no le divierte.

Yo dije:

–¡Qué lástima, a mí me gusta tanto! No digo como diversión, pero, en fin, es una cosa que a mí, precisamente...

No terminé la frase; hice un movimiento con la cabeza como diciendo que no tenía importancia mi predilección personal.

Don Daniel soltó la pluma, vino al sofá y se sentó con una pierna encogida, tan rápidamente y tan suavemente como sólo podría hacerlo un gato. Empezó a acosarme con preguntas: quería saber por qué había yo dicho aquello con tanto acaloramiento. Había visto transparentarse en mi cara algo, un hecho, un recuerdo que me inspiraba aquel entusiasmo.

No pude negárselo; aunque era una historia enteramente tonta, se la conté.

Me preguntaba con una avidez, con una curiosidad tal que yo, acaso por el remordimiento de tener en mi cabeza tantas cosas que no podía contarle, me propuse contarle aquélla hasta en los detalles más superfluos.

Como él no había vivido nunca en Valladolid, empecé por describirle mi barrio, mi casa en la calle que antiguamente se llamaba de la Cárcava y las historias que se murmuraban por allí de todos los vecinos.

Había un primer recuerdo que databa de los cinco años. Exactamente, yo estaría entre los cinco y los seis, cuando fui un día con el ama a la tienda de ultramarinos y dos cosas se me quedaron grabadas en la cabeza: unas bolas de sal que dan a lamer a las cabras, no sé con qué fin, y un muchacho que estaba allí sentado, muy elegante, sin despachar y con un sombrero puesto de alas muy grandes.

Mucho tiempo después oí contar los disgustos que le daba al tendero su hijo, a causa de los estudios, y al fin un día se llegó a decir que le había echado de casa. Luego siguieron llegando noticias de que se había metido a organillero, de que le llamaban «el Botica» por haber dejado plantada la carrera de farmacia, y de que se daba puñetazos en el pecho hasta escupir sangre para que viesen lo valiente que era.

Después llegó la noticia más grave: tenía hasta la osadía de venir a tocar a nuestro barrio.

Yo no le hubiera reconocido, pero hice que la muchacha me lo enseñara: estaba cambiadísimo, sumamente delgado; llevaba una gorra de visera y un pañuelillo al cuello.

Venía generalmente al mediodía y tocaba una habanera encantadora. Yo quería aprenderla y un día me decidí a salir al balcón a oírle; noté que se parecía asombrosamente al rey.

Después de tocar la habanera se puso a tocar otras cosas más vulgares, y entonces yo le eché unas monedas y cuando levantó la cabeza para dar las gracias, le dije que si quería volver a tocarla. Y esto es lo que yo ya no acertaba a contar: el movimiento que hizo con los hombros y las cejas como diciéndome que no lo pusiera en duda. Me dijo: «Lo que tú quieras, salada», y tocó la habanera tres o cuatro veces.

–Bueno, después de todo, esto no tiene casi nada que ver con lo de las fotografías –dije yo, viendo que don Daniel no decía nada; y para aclararle por qué lo había contado, insistí en que había sido aquel gesto de ofrecimiento, aquel saber que tocaba para mí, que podía pedirle lo que quisiera.

Al ir terminando mi historia yo había ido metiendo las fotografías en la caja. Don Daniel seguía con los ojos fijos en un rincón del despacho, pero miraba mucho más lejos de lo que permitía la pared: miraba como si la escena que yo acababa de describir se hubiese quedado allí en el aire por espejismo y él siguiese estudiándola.

Yo no podía pensar que no me hacía caso, porque sabía que me miraba a mí, pero a mí en el balcón. Después, empezó a sonreír y me sonreía a mí en el despacho, como la otra vez sonreía sólo con la boca.

Me decidí a decir:

–Bueno, tengo que marcharme, es casi de noche; me voy.

Saltó del sofá con otro movimiento gatuno, me cogió la cabeza con las dos manos, hundiendo los dedos en mi pelo, después me apretó el pescuezo como si fuese a ahogarme; su sonrisa luchaba por ser una risa franca, pero no consiguió echarse a reír. Me llevó hasta la puerta casi en vilo y allí me empujó hacia el pasillo diciendo:

–¡Vete, vete de aquí, traidora!

Aunque mi historia había tenido más éxito del que yo esperaba, no pude consolarme con él del remordimiento que me había dejado la situación anterior.

En la base de mi buena conducta había existido siempre el temor de ser cogida en falta. Yo lo sabía bien, y muchas veces me decía que si no mentía ni hacía otras cosas peores era porque si alguien llegase a comprobar que yo no era intachable me moriría de un ataque de soberbia. Sin embargo, esta vez me dolía indeciblemente, sin bochorno, sin el menor asomo de amor propio, con verdadero dolor de corazón, el hecho de que mis pensamientos quedasen tan amurallados, tan impunes.

Tampoco sentía como otras veces el deseo de ser descubierta en ciertas cosas porque yo las considerase hazañas.

Yo no sé por qué no había hablado nunca a don Daniel de mis antiguos desvaríos. Si le hubiera contado aquellas cosas tan triviales, él sabría de lo que soy capaz y tendría una pista. También, si el reincidir en esas tonterías no me hubiera acontecido en relación con él, habría sido muy capaz de contárselo, pero el acontecimiento tuvo de por sí carácter de secreto, y el secreto era tan contra mi voluntad que me sentía como vencida por un enemigo repugnante. Eso es, exactamente, el calificativo que le di a aquella palabra «respeto». ¡Qué turbio, qué desabrido es ese ingrediente si se le mezcla a las cosas queridas! Y lo que más tiene de degradante es que le domine a uno no teniendo poder más que en lo exterior, en lo que está a la vista; por dentro, ¿dónde se queda?

Cuando el secreto está en su mundo y sabe que no tiene que salir para nada de esas regiones secretas, no hay nada que le detenga. Nunca sentí escrúpulos semejantes cuando creía vivir dentro del Santo Sepulcro, y claro que aquello también era un secreto, pero sólo para los que quedaban fuera. En cambio, este otro me pesaba sobre el pecho, me desvelaba, me desorientaba, me inspiraba reflexiones como ésta: «es algo a lo que no tengo derecho»; y después de pensarlo, exclamaba: «¡otra palabra infame!», y así toda la noche.

Las rendijas de la ventana empezaron a dibujarse, empezaron todos los ruidos del campo, bullendo ya todas las cosas que habían descansado, y yo sin ver el medio de descansar.

Al fin, oí de lejos la campana de la ermita del Arrabal y pensé de pronto: Hasta el mes que viene no tengo que confesarme. Aquella idea me hizo verlo todo de otro modo; pensé que pasaría el tiempo y que las sensaciones no serían tan febriles, podría expresarlas de un modo más razonable. Con esta certeza conseguí dormirme, y me despertó, ya pasadas las ocho, un hecho desacostumbrado: una bocina tocando insistentemente a la puerta. En Simancas nadie tenía automóvil.

Unas voces desconocidas fueron avanzando por la casa, y entre ellas la de mi tía, tan alterada que no se sabía si lloraba o reía.

De pronto comprendí: mi tío Alberto, su mujer y su chica se habían presentado de sorpresa.

Naturalmente, en los tres días que estuvieron en casa no me ocupé más que de ellos.

Mi tía Frida no estaba mal; sobre todo, iba vestida maravillosamente; pero Adriana me gustó mucho más: era la chica más bonita que yo había visto. Tenía sólo unos meses más que yo y era un poco más alta y más gruesa, pero tan aniñada que daban ganas de llevarla en brazos.

Pasamos la mañana en la huerta; como hablaba bien el español nos contamos muchas cosas. Luego, en la mesa, me fui enterando de los planes de su viaje.

Mi tío pensaba quedarse unos meses en Valladolid; quería obtener no sé qué dinero para sus empresas de Berna y venía dispuesto a zanjar un pleito que mantenían desde hacía tiempo con otros parientes.

Claro que a mí no me interesaba nada aquel asunto, pero si a alguien le hubiera interesado habría sido inútil, porque mi padre no dejó que hablasen de él: «No me consultes nada; haz lo que quieras, enteramente lo que quieras», y nadie le sacó de ahí.

En vista de eso hablaron de los planes de mi tía. Ella no pensaba quedarse en Valladolid; ya había visto el Museo y las iglesias y tenía el proyecto de irse con su hija en el coche, recorriendo toda España hasta el mes de septiembre, en que se volvería a Berna con o sin su marido, si éste no había terminado el asunto. Mi tía Frida dijo de pronto a mi padre:

–Déjame llevar a Leticia; lo pasará muy bien con nosotras.

Mi padre contestó entre dientes:

–Ni hablar de eso.

Adriana saltó de su silla y fue a abrazar a mi padre; empezó a besarle en los dos lados de la cara, diciendo:

–Déjala, tío, déjala venir.

Mi padre le devolvió los besos, pero siguió moviendo la cabeza.

Yo le dije a media voz:

–Espérate, ya veremos.

Mi tía Aurelia estaba a punto de sentir vértigo. Mi tía Frida vio en seguida que era caso perdido y empezó a decir que ella quería ver el Archivo. Aquella palabra me llenó de angustia. La convencieron de que lo dejase para el día siguiente, y mientras duró la discusión yo me sentí como envuelta en el vaho de todas mis culpas pasadas y futuras. Porque me vino de pronto a la cabeza algo como el recuerdo de una cuestión inacabada, como si en el día anterior todo hubiese quedado a medias, y al mismo tiempo lo que pasaba en aquel momento en mi casa me interesaba demasiado para dejarme hundir en el recuerdo aquel; así que me daba cuenta de que iba a abandonar mi preocupación y esto me atormentaba. Sólo se me ocurría decir: ¿Por qué no habrán venido en otra ocasión, en otro día en que mi relación con la otra casa hubiera sido más armoniosa?

Después, me preguntaba a mí misma: Pero ¿qué

ha pasado allí?, y la verdad era que no había pasado nada.

Sin embargo, yo notaba que, al inclinarse de aquel lado, mis pensamientos marchaban por una cuerda desgastada. No podía precisar dónde estaba el punto débil, pero lo sentía, y, mientras, escuchaba con el oído derecho las cosas extraordinarias que me contaba Adriana.

¡Su acento me hacía tanta gracia! Entre plato y plato me entretenía en deshacerle las trenzas sólo por el gusto de volver a hacérselas.

Cortamos pronto la sobremesa y no sé cómo; sin duda, puesto que yo además de la atención que prestaba a Adriana seguía el curso de mis preocupaciones inconfesables, dejé traslucir algo como un deber o como una costumbre de todos los días, a la que no podía faltar y de la que, más o menos, ella tenía que participar aquella tarde.

El caso es que dimos unas vueltas por el pueblo, hablando siempre, y al fin nos encontramos en el comedor de doña Luisa sentadas a la mesa a la hora en que los niños tomaban la merienda.

No puedo recordar lo que dije cuando entramos; debió ser todo muy natural, pero me queda la impresión de que por un largo rato fui sorda.

Algo debí decir, pero ni mis palabras ni las de los demás llegaron a sonar en mis oídos. Sólo recuerdo, como si hubiera estado viéndolo por un agujero, que doña Luisa daba la vuelta a la cafetera rusa, que quedaba en medio de la mesa la llama del infernillo aleteando y que Adriana, Luisito y yo la mirábamos en silencio.

Teníamos delante de cada uno un tazón de leche

caliente. Doña Luisa fue echándonos chorritos de café y terrones de azúcar; después comimos bizcochos y bollos de todas clases. Después, otro espacio.

Después, sin poder recordar cómo fue su entrada, ni cuál mi explicación por la interrupción del estudio, vi a don Daniel sirviéndose una taza de café, bebiéndola de pie, de un sorbo, y saliendo por la puerta. Sin embargo, sé que habló conmigo y con Adriana porque, si no, ella no me hubiera dicho que le había parecido muy simpático; pero en mi memoria sólo queda una frase que dirigió a doña Luisa en el momento que pasaba por detrás de mí al marcharse. Fue algo así como: «Ya estás viendo que este pimpollo se me ha desmandado enteramente».

De la vaguedad de aquella tarde todavía puedo recordar otro conflicto que me sobrenadaba por encima de todo: aunque hacía ya varios días que me lo había dicho, yo no me había decidido todavía a llamar a doña Luisa «Luisa». Pero no quería que creyese que había olvidado que no le gustaba, aunque no hubiera yo aceptado el cambio desde un principio sin que ella insistiera. Sobre todo, aquel día, delante de Adriana, habría sido una ostentación.

Así que todo lo que dije fue un poco forzado y como tendiendo a desaparecer de prisa.

Al final, me puse a hablar de que teníamos que armar en mi cuarto una cama para Adriana, porque el cuarto de huéspedes lo ocuparían sus padres, y eso fue todo.

Cuando llegamos a casa, la cama ya estaba armada.

A la hora de la cena, mi tía Frida sacó de su maleta muchas cosas que había traído para mí: un chaleco con florecitas bordadas en lanas de colores, calcetines gruesísimos, delantalitos de batista estampada.

Mi tía Aurelia le preguntaba a cada paso: «Y estas cosas, ¿las llevan las niñas en tu tierra?».

Ella apenas contestaba porque apenas comprendía la pregunta; yo me apresuraba a decirle que todo me parecía precioso y en realidad lo era: era como un paisaje.

Mientras su madre enseñaba aquellas cosas, algunas hechas por ella misma, Adriana me dio un paquetito diciendo: «Esto lo compré para ti cuando salíamos; es el emblema de la ciudad donde yo he nacido». Era un osito tallado en madera oscura, con la boca abierta, los dientecitos blancos y la lengua muy roja.

No pude decir más que ¡ah!, de entusiasmo.

Adriana comprendió que me gustaba. Mi tía Frida se quedó pensando: Es una buena chica; y yo las miré diciéndome: Pero ¿cómo pueden saber tanto?

No, decía yo, es imposible. Miraba aquellos dos pares de ojos azules y me repetía por dentro que ellas no sabían lo que traían allí. Mi tía había bordado aquellas florecillas de colores, Adriana había escogido en la estación el osito, pero ¿quién les había dado el modelo del cuadro que componía todo aquello? ¿Comprendían ellas que yo sabía toda la historia o acaso la sabía yo sola y ellas no?

Ya no pensé más que en que durase poco la cena para hablar toda la noche con Adriana y preguntarle cosas de su país.

Como siempre, la realidad fue diferente, pero no menos brillante. Adriana no me contó historias de osos ni de valles floridos: me contó cosas de su colegio.

Me describió la fiesta de fin de curso, donde ella había tenido un primer papel porque era de las que sabían más cosas aparte de los estudios. Su madre le había puesto en casa profesores especiales para que tuviese una educación artística: sabía bailar de puntas, y, para demostrarlo, sacó una pierna por debajo de las sábanas y puso el pie derecho formando una línea recta desde la punta del dedo gordo hasta el muslo. Después me dijo que si yo supiese tararear alguna de las cosas que ella bailaba, bailaría para que yo la viese.

Me preguntó:

–¿No sabes nada de Mozart?

–No –dije yo.

–¿Es posible que no sepas ni un solo *minuetto*?

–No lo he oído nunca.

–Entonces, ¿qué sabes?

–Lo que oigo por ahí.

–Creo que yo no sabría bailar esas cosas –dijo Adriana, y se quedó pensando.

Yo comprendí que como veía mi falta de conocimientos estaba buscando algo sencillo. De pronto dijo:

–Te bailaré la pavana, que es lo que tuvo más éxito. Pero me falta la otra chica que hacía de marqués. Intentaré hacer yo misma los dos papeles...

Se cambió el camisón por unos pantaloncillos, metió en las puntas de los calcetines dos pañuelos hechos dos bolas, se los puso, y dijo:

–Ya está, vas a ver; primero sale la dama.

Se escondió un poco detrás del armario y de pronto salió.

Cuando salió, claro está que no tenía puesto más

que lo que llevaba al esconderse, y sin embargo estaba transformada.

Avanzó hasta el centro de la alcoba con unos pasitos indescriptibles. Raras veces posaba el talón en el suelo, y cuando lo hacía era sólo para que resultase más admirable el juego del tobillo al levantar toda la figura y dejarla mantenida en la punta del dedo.

Mientras tanto canturreaba una melodía delicadísima, y con las manos se recogía la falda, o bien las abandonaba colgando de los brazos y dejándolos ir próximos y acordes primero a un lado, luego a otro, como si se los llevase el viento.

Después, doblando una rodilla y estirando hacia atrás la otra pierna, se puso a coger flores del suelo.

De pronto dio un salto y desapareció detrás del armario diciendo:

–Ahora el marqués.

Cuando salió, era un caballerito que se apoyaba la lente en la nariz y temblaba un poco al andar. Se acercó al sitio donde estaba la dama cogiendo flores, le pidió una; ella no quiso dársela. Él la persiguió suplicándole, arrodillándose, mientras ella le pasaba por delante indiferente.

Ella le pasaba por delante, porque Adriana, de pronto, hacía aquel movimiento prodigioso y quedaba sobre la punta del pie; entonces, como si fuese cargada de flores, giraba haciendo gestos desdeñosos alrededor de donde estaba arrodillado el marqués. Él extendía las manos y después hacía unos ademanes como si le prometiese collares y pendientes. Ella tiraba las flores y le daba un beso.

Cuando le daba el beso era enteramente una mariposa. Sobre la punta del pie derecho, la pierna izquierda extendida hacia atrás, en el aire, casi horizontal; el brazo izquierdo en la misma dirección; el cuerpo un poco curvado hacia el que estaba de rodillas y la mano derecha abierta apoyando la barbilla en la palma, como dejando escurrir el beso.

Después se cogían de la mano y bailaban la pavana.

La bailaban los dos porque se sustituían con tal ligereza que la imagen del uno no se borraba antes de que el otro estuviese presente.

De pronto oímos unos golpes en la pared y la voz de mi tía Frida gritando: ¡Adrgiana! Nos callamos. Adriana saltó a la cama y se tapó hasta la cabeza. Yo noté por primera vez que mi tía decía: *Adrgiana* y le pregunté en voz baja:

–Oye, ¿por qué no te han puesto un nombre de tu país?

Adriana sacó la cabeza y puso una cara como el que va a contar una historia lejana y encantadora, que le es ya difícil recordar. Me dijo:

–¿Sabes? Mis papás se conocieron en el Adriático; mamá estaba en Italia estudiando arqueología...

No quise preguntarle más, incluso la detuve con el gesto como diciéndole que había comprendido. Vi además que ella tenía sueño y me dispuse a apagar la luz. Recuerdo que en el momento de hacerlo, al apretar la bolita del conmutador, me acordé de mi padre, me reproché no haber ido a su cuarto para ver cómo se quedaba ya acostado, para arreglarle lo que necesitase, como si lo hiciera todas las noches, cuando no lo había hecho jamás.

Al otro día se intentó compaginar los caprichos de unos y los deberes de otros, resultando una amalgama de cosas absurdas tal como la casualidad quiso ensartarlas.

Mi tía Frida, desde que saltó de la cama, empezó a hablar del Archivo. Yo quería a toda costa que Adriana bailase delante de doña Luisa. Mi padre no quería nada. Mi tía Aurelia decía que ella no podía evitar el hacerse presente. Mi tío Alberto quería todo lo que los demás quisieran. Adriana, lo que quisiera yo.

Cada uno se apresuró a poner en práctica sus planes; yo me adelanté a preparar los míos y dije:

–Antes de ir al Archivo, nosotras nos pasaremos por casa de doña Luisa para ver si tiene las piezas de música que baila Adriana y decirle que a última hora iremos a estar un rato con ella.

Nadie se opuso.

El silencio de la siesta nos permitió salir sigilosamente, como si fuese la madrugada. Una vez fuera, no quisimos correr por nuestra calle empinada; seguimos junto al muro, del lado de la sombra.

No habíamos dado cincuenta pasos, cuando oímos unas pisadas enérgicas que nos ganaban terreno. Adriana se volvió en seguida: era su madre.

Antes de llegar junto a nosotras empezó a decir:

–Yo quiero ver el pueblo. ¿Por qué estar siempre en casa, siempre en casa? ¡Es cosa de locos!

Nos sonreímos de mala gana.

–¿Adónde vais? –dijo mi tía.

–A aquella casa –contesté yo, señalándola.

–Bueno, os dejaré en la puerta y andaré un poco por ahí hasta la hora de visitar el Archivo. Allí nos reuniremos todos –añadió–. Les he dejado para que Aurelia se arregle despacio, todo lo despacio que quiera y, además, para que pueda hablar un rato a solas con su hermano. ¿Quién sabe si quiere contarle algún secretillo?

Estábamos ya a la puerta de doña Luisa, teníamos cada una en el hombro una mano de mi tía Frida, que seguía haciendo frases ingeniosas sobre la familia. La puerta estaba entornada y allá por la región de la luz verde pasó una figura ligera. Yo la vi de reojo evolucionar en sus quehaceres con su actividad siempre decidida y nunca rápida. La vi, sin poder evitarlo, detenerse, mirar a lo largo del pasillo y venir hacia la puerta; me había oído hablar.

Abrió de par en par, saludó con su imperceptible sonrisa y dijo a Adriana:

–¿Es tu mamá?

Mi tía se abalanzó a saludarla.

–¿No quieren pasar un rato? –insinuó doña Luisa.

El movimiento de su mano invitando a pasar el umbral de la puerta era ya un convite.

No hubo más remedio que resignarse: me decidí a ensordecer otra vez.

A mí me gustaba llevar allí a Adriana para que doña Luisa la viese, pero que mi tía Frida fuese a ver todo lo que había en aquella casa, todo lo que doña Luisa había hecho, me irritaba a pesar de saber que iba a encontrarlo muy bien y que era persona capaz de juzgarlo.

Yo me repetía: Estamos perdiendo el tiempo. Mi tía Frida había venido a ver el Archivo, quería ver el pueblo, iba a ver después toda España. ¿Por qué se le antojaba también ver aquella casa?

Se metieron en el gabinete; yo retuve a Adriana a la puerta y pedí permiso para subir al salón.

Subimos corriendo, y al abrir la puerta, yo dije:

–Tienen todavía la casa a medio arreglar.

Adriana no me hizo caso, ni observó el salón vacío; esto me gustó mucho en ella. Fue en seguida a ver la música y separó unos cuadernos, diciendo que había encontrado sus piezas favoritas. Abrió el piano e hizo una escala, pero yo no la dejé seguir porque supuse que los niños estarían aún durmiendo la siesta.

Cuando bajamos encontramos a mi tía sola en el gabinete; había convencido a doña Luisa de que viniese con nosotros al Archivo y la había hecho ir a vestirse.

Volví a tirar de la mano de Adriana y la llevé al jardín, le enseñé el palomar que estaba ya desocupado, el emparrado, el pozo: aquel día había que ver cosas.

Salimos al fin con las dos señoras y vimos calles en cuesta desde donde se divisaba la ribera del Pisuerga. Vimos la iglesia por los cuatro costados y algunos paredones de casas señoriales; después, fuimos a ver el Archivo.

Mis dos tíos, Aurelia y Alberto, nos esperaban en la puerta, y entramos todos hasta el despacho de don Daniel, a quien ya se le había anunciado la visita.

Estuvimos allí sólo un momento, pero yo vi su mesa de trabajo y el ambiente que le rodeaba todos los días entre sus secretarios y ordenanzas.

Toda la patulea, uno detrás de otro, fuimos visitando salas con estanterías, con vitrinas y facistoles.

Yo quería que Adriana se metiese conmigo en los huecos profundísimos que formaban los muros en las ventanas y que dejáramos a los otros seguir viendo cosas, porque allí sí que había cosas que ver: desde unos se veían patios grises, profundos, desde otros la llanura. Allí estaba todo. Había, a veces, hierros rotos que sobresalían de la pared y no se podía saber para qué habían servido; huellas en la piedra como del roce continuado de sabe Dios qué.

Yo estaba segura de que si hubiera podido concentrarme y quedarme quieta un rato en aquellos banquitos laterales que tenían las ventanas, habría llegado a comprenderlo todo, a ver todo tal cual había sido en otro tiempo, pero no nos dejaban tranquilas ni un momento. Había que seguir, había que pasar a otra y otra sala, donde estaban las cartas de santos y de reyes.

Mi tía gritaba constantemente: «¡Adriana, ven aquí, fíjate en esto!». Le hacía observar una fecha o cualquier otro detalle, y para remachárselo en la cabeza le decía dos o tres palabras en suizo-alemán.

Después vimos los sótanos, los fosos, las poternas. Después salimos, al fin, al aire libre; había ya estrellas.

Vi que era poquísimo el tiempo que quedaba, pero cuando me preparaba a disponer de él, comprendí por la conversación que mi tía Aurelia les había invitado a venir a casa y que todos tomaban ya el camino.

Cosa increíble, había llegado el momento del deber. Mi tía Aurelia tenía que cumplir con ellos; esto lo repetía varias veces por semana y había aprovechado aquella tarde en que, secundada por sus hermanos, tenía más fuerzas.

Hubo dulces y copitas de Málaga. El ama trajo las bandejas y mi tía llenó las copitas cuidadosamente, como si fuesen de medicina.

Yo atendía sólo a lo que pasaba en un rincón de la sala. Mi padre, instalado en su butaca, había vuelto a tomar su actitud de convaleciente. Claro que el estar tan definitivamente impedido le daba ocasión a ello, pero los relatos de la campaña, que no se habían vuelto a oír en casa, con el pretexto de que mi tío no estaba en España a su llegada, fueron volviendo a salir, escuchados atentamente por la perra. Pero esto no duró mucho tiempo: mi tía Frida cogió una silla y fue a instalarse al lado de don Daniel, tratando de acaparar su atención con preguntas relativas a cosas que había visto en el Archivo. Él no quería desatender el relato de mi padre: parecía que le impresionaba mucho; pero mi tío Alberto no comprendía que le interesase más que la charla de su mujer y redobló su atención a mi padre como disponiéndose a cargar él solo con tan penoso deber.

Puesto que seguían aislados, mi tía Aurelia fue a llevarles dulces nuevamente. Yo aproveché la ocasión, tiré con una mano de doña Luisa y con la otra de Adriana y me las llevé al comedor. Cerré la puerta y empecé a suplicar a Adriana que bailase:

–Sea como sea, igual que lo hiciste anoche. Fue improvisadamente y resultó maravilloso.

Ella se resistía; yo no cejaba:

–Baila, por favor; si tardas en decidirte vendrá alguien y no podrá ser. ¿No ves que os marcháis mañana? Si no lo haces ahora, ya no hay otra ocasión.

Adriana se quitó los zapatos, se escondió detrás del aparador y dijo: «La dama».

Su voz no era la del día anterior, pero empezó a bailar. Yo estaba segura de que acabaría animándose, pero no había dado diez pasos cuando irrumpió en el comedor el ama, pasó por delante de ella, sacó cincuenta cosas del aparador y se marchó al fin.

Mis ojos iban de Adriana a la cara de doña Luisa; quería ver si producía en ella el mismo entusiasmo que en mí la noche anterior y vi que sí le gustaba, pero que repartía su atención entre el baile y el empeño que yo ponía en hacérselo admirar. Yo le apretaba el brazo y le decía:

–Me he pasado el día entero pensando en que pudiera usted verlo. ¿Verdad que vale la pena?

No pude oír su respuesta: mi tía apareció, queriendo arrancar a doña Luisa de la molestia a que se dejaba someter por condescendencia. Mi tía le decía:

–Venga usted acá, por Dios, la tienen aquí encerrada estas chicas obligándola a ver sus pantomimas.

Cuando mi tía entró, Adriana estaba haciendo de marqués.

Doña Luisa quiso protestar, pero no hubo medio; nos sacaron de allí y se acabó todo.

En la sala siguieron hablando de cosas estúpidas. Al fin se levantaron para marcharse.

Ya en la puerta, doña Luisa volvió a decir a Adriana que su baile le había gustado mucho; le dio dos besos y le dijo como a mí el primer día:

–Adiós, querida.

Después se despidió de mí y me dijo sólo adiós. Me rodeó los hombros con el brazo, me apretó con fuerza y me dio un beso. Me besó en la mejilla, junto al ojo; sentí sus labios entre mis pestañas; me retuvo largo rato apretada contra ella. La calle estaba oscura y yo la contemplé en el abrazo que me dio, como los ciegos que leen con el tacto. Me quedó impresa en los hombros la fuerza de su brazo delgadísimo; sentí apretado contra mi mandíbula el hueso que se le dibujaba en el nacimiento del cuello, y al mismo tiempo me pareció tan frágil. No sé si fue el perfume que llevaba o si fue que al sentir el relieve de su pecho me acordé del día aquel que la vi en la tartana al amanecer, con aquella piel transparente llena de venas azules.

Aquel abrazo, aquel beso más largo que lo acostumbrado, me ayudaron a conocerla, aunque su conocimiento siguiera siéndome inexpresable. Toda la noche pensé en ello y pensé que yo no merecía aquella ternura inmensa.

Al día siguiente los viajeros se fueron temprano.

Adriana y yo habíamos estudiado a fondo las posibilidades que había de que yo me uniese a su viaje, y habíamos llegado a la conclusión de que no existía ninguna, porque el único capaz de salir vencedor en la empresa era mi tío, y por el momento tenía que emplear toda su astucia en arrancar a mi padre algunas palabras fundamentales para su asunto. Pensamos que acaso si el pleito saliese bien, Adriana le pediría a su padre, para celebrarlo, que se metiese en aquel torneo y quién sabe si él obtendría también ese triunfo.

Claro que yo también hubiera podido obtenerlo, pero como en realidad eso significaba derrotar a mi padre, no quise que me viera tomar el partido de mi tío.

Desde que él llegó, yo había visto claro que mi padre le miraba como a un favorecido de la naturaleza. Mi tío tenía un año más y parecía hijo suyo. Llevaba con desparpajo aquellos trajes claros, extranjeros; él, que tenía un tipo más español que mi padre, y se veía que en Suiza coqueteaba de eso. El bigote rubio de mi padre estaba ya casi blanco: parecía uno de esos galos vencidos que se ven en las láminas.

El caso es que se fueron y todo volvió a quedar como antes. Aunque no enteramente igual que antes: las huellas de Adriana tardaron en borrarse de Simancas.

Había una cosa que me dolía y me descorazonaba: era que se creyese que mi entusiasmo por ella era una niñería.

Sólo doña Luisa había comprendido. ¡Qué misterio! Tengo la seguridad de que si yo hubiese explicado lo que significaba para mí Adriana, no sería ella la que mejor pudiera comprenderlo, y sin embargo le había bastado mirarme a la cara unas cuantas veces cuando yo le apretaba el brazo en el comedor.

Don Daniel, en cambio, me había dicho al día siguiente:

–¿Qué, ya se fue la niña de mazapán?

Y había empezado a venir tarde a clase.

En sus explicaciones mismas apareció de pronto una frialdad, como si estuviese arrepentido de haberme dado antes tanta importancia.

¿Qué podía yo hacer? ¿Echarle un discurso sobre lo que pensaba respecto a Adriana? De esto me consideraba enteramente incapaz. No había podido contagiarle mi emoción, ¿cómo iba a convencerle con razonamientos que resultarían enteramente torpes?

Fui retrayéndome yo también; en vez de estudiar hacía que doña Luisa se sentase al piano y tocase para mí sola las piezas que había separado Adriana. Ella no titubeó en complacerme.

Hacía una temporada que no venían las chicas del coro; los niños se entretenían ya uno con otro en la galería del comedor, y nosotras nos estábamos en el salón, que se llenaba de la música como un vaso se llena de agua bajo el chorro.

El salón seguía vacío, pero ya no tenía aquel aspecto de desván con cables enrollados sobre la puerta y cajas de cerillas por el suelo: ahora estaba pulcro, los cristales impecables, los postigos lavados con potasa y la tarima con arena. Doña Luisa no tenía nunca tiempo de ir a buscar los muebles antiguos que quería, por las almonedas de Valladolid.

Yo escogí para oírla el hueco del balcón más distante. Me sentaba en el suelo con la espalda apoyada en el postigo y veía todas las formas que aquella música dibujaba como moldes para el baile de Adriana. Todo estaba allí marcado: sus pasitos, sus reverencias. Caía la luz y doña Luisa seguía tocando, porque tocaba de memoria.

A veces, la imagen de Adriana desaparecía porque la música, aun siendo siempre semejante a aquélla, tomaba un acento más dramático; yo diría heroico. El compás ya no se ceñía a los ademanes de coger flores ni saludar a una dama. Había algo allí desesperado sin dejar de ser sereno. A mí me parecía que aquello quería expresar el peligro, algo así como el estar al borde de la muerte. Aquellas formas ya no expresaban los movimientos del baile, sino los de la esgrima.

Por la semioscuridad del salón pasaban fantasmas admirables, pero algunas veces yo no podía menos de quedarme mirando la única forma real que había allí, con sus hombros anchos y huesudos, su vestidillo de vuela y sus chinelas rojas jugando en los pedales.

A pesar de aquellos hombros, yo volví a ver allí su fragilidad. Los bucles castaños, que nunca estaban sujetos en su cabeza, se despeinaban aún más agitados por la música, y yo llegaba a pensar que aquello tenía que hacerle daño.

Esto ya me ha ocurrido varias veces: en momentos de gran emoción, cuando parece que mis cinco sentidos están absorbidos en algo, he visto, de pronto, así como lateralmente, alguna otra cosa ajena en todo a la que causaba mi emoción, como si mis facultades se centuplicasen y rebosaran de la zona donde parecen detenidas. Esas visiones no llegan a desviar mi atención, pero tampoco se pierden en el olvido: se quedan rondando como satélites de las emociones principales, sin desvanecerse nunca.

Abajo, en el despacho, hasta había vuelto a aparecer el médico. Cuando yo bajaba del salón y oía la famosa conversación ya empezada, me sentía ahogar como un náufrago en mi propia cólera y me decía: «¿Para qué vengo? ¿Cómo he podido creer a veces que yo llegaría a significar algo aquí?». Pero entraba y abría un libro, o decía que ya había estudiado en casa.

Don Daniel venía hacia la mesa y me hablaba con acento de condescendencia. Mientras tanto, el brazo del médico pasaba por encima de mi cabeza y sacaba un puro del mono; después se iba a un rincón del despacho, y con el puro entre los bigotes y la cabeza metida en un libro, murmuraba unas palabras. Don Daniel decía: «¿Qué? ¿Cómo?». Y como el otro no contestaba más claro, acababa por ir a ver lo que estaba diciendo.

En la famosa conversación había un tema nuevo,

tema que era el médico solo quien lo desarrollaba: adulaba constantemente a don Daniel.

Desde que había visto instalada la biblioteca y había contado por sí mismo los miles de volúmenes que contenía, no dejaba pasar diez minutos sin hacer alusión a la cultura de don Daniel, y no se daba cuenta de que a él eso no le hacía mella. Le contestaba con evasivas, con chistes, hacía caricaturas de su sabiduría. Un día, para sacudirse aquellas alabanzas pegajosas, le dijo:

–¡Qué quiere usted! Se nace con una predestinación, fíjese bien en esto.

Yo volví la cabeza; don Daniel señaló un rincón de la librería:

–Éste es el panal donde yo enterré mis catorce años.

Los ojos del médico se hincharon de admiración, como dos pompas, y se quedó un gran rato repitiendo:

–¡Es asombroso, es asombroso!

Don Daniel había puesto la mano en una obra que quedaba en el estante del fondo a la altura de su cabeza. Me fijé bien; eran nueve tomos de color café con leche.

Al otro día llegué temprano y dije a doña Luisa que no había podido estudiar en casa. Me abalancé al primer tomo y lo abrí.

La primera página, escasamente un par de minutos de lectura, fue la verdadera sensación del fin del mundo.

Me puse a considerar el libro por fuera, volví a leer el título: *Historia de las ideas estéticas en España*; cerré los ojos y seguí leyendo.

Si fuera verosímil, creería que había leído con los ojos cerrados, tal era la convicción que tenía de la inutilidad de mi esfuerzo.

No sé cuántas páginas llegué a tragar; sentí pasos y volví el libro a su sitio; la conversación venía ya por el pasillo.

Poco después, se quedó estacionada detrás de mí como una gran oscuridad, como una nube de tormenta, y detrás de ella, por las paredes, los siete mil libros llenos de desprecio, llenos de maldad; cerrados, aunque se dejasen abrir. Porque se nace con una predestinación, pero ¡hay que probar tantos resortes hasta encontrarla!

Cualquier reflexión que tendiese a calmar mi angustia me parecía necia; sólo se me ocurría buscar una especie de tranquilidad en el recuerdo de frases ajenas que en otro tiempo había juzgado llenas de mala intención. Frases de mi abuela que disimulaban mal su deseo de crítica: «Esta niña habla como un libro». «Esta niña no es más que cabeza.»

Pues bien, me decía yo en aquel momento, si ése es mi destino, ¿por qué no puedo entrar en él?

No sabía por qué, pero el caso es que no podía.

Las palabras del libro que había intentado tragarme seguían delante de mí como una masa sin forma, como un fango donde iba hundiéndome; sin embargo sabía que otros habían avanzado por ellas; luego, aquella blandura, aquella viscosidad que yo notaba no estaba en el terreno que pretendía atravesar, sino en mis propios pies.

Mientras pensaba esto mordía la pluma y aspiraba el olor desesperado de la tinta. La mesa, la carpeta, todo estaba lleno de manchas de tinta que soltaban aquel olor, tan acre como el que salía de la cunita del chico del jardinero, tan desapacible como si fuese causado por la indecisión y la torpeza de un bebé que acaba de nacer y parece que está agonizando. Porque la gente no se da cuenta de cómo los bebés luchan con sus dificultades y encuentra graciosos sus titubeos, ¡cuando son horribles!

Querer coger lo que está a la derecha y quedarse corto, no alargar la mano lo suficiente o pasarse, abalanzarse bruscamente y derribarlo y quedarse siempre con las manos en el aire sin saber si llorar o reír.

Enteramente igual era mi lucha: leer un párrafo y no comprender, volver atrás, seguir adelante y encontrar una frase que se tambalea porque más de la mitad es incomprensible, encontrar aquí y allá las palabras del uso diario y, entre unas y otras, puentes o callejones oscuros por donde no se puede pasar y, si se pasa, es como si no se hubiese pasado.

¿Por qué no le advertirán a uno algo de esto? Tienen por sistema quedarse a la orilla; así les sentía yo, parados detrás de mí, a ver si nada uno en esta agua turbia o si se va al fondo.

Pero ni siquiera esperaron allí el resultado, pues no sabían que yo estaba empeñada en aquella lucha; se fueron, pasaron junto a mí, y cerraron la puerta.

Yo fui pausadamente, como cuando quiere uno convencerse a sí mismo de que no tiene miedo, cogí el libro otra vez y lo abrí. Pausadamente, me esforzaba en ir pausadamente, y avanzaba en la sombra o en la luz cegadora, pero seguía adelante, sin aturdirme. Dos, tres, quince páginas amarillas, con señales de lápiz en los márgenes, con algunas manchas como de dulce, con insectos aplastados en las junturas de las hojas. Lo veía todo porque iba muy despacio; después empecé a leer deprisa, y ya no vi más detalles.

Me pareció que se hablaba allí de un sitio conocido, no se describía ningún paisaje, y aunque se hubiera descrito, yo no podía conocerlo, puesto que todavía no había salido jamás de la provincia, pero sentía que las cosas de que se hablaba estaban por allí muy cerca. Lo que comprendí al fin enteramente fue la descripción de dos caballos que tiraban del carro del alma. Sus fisonomías se destacaban de las páginas como uno de esos cuadros que se salen del marco: uno, perfecto, de formas puras, obedeciendo a las órdenes del conductor; el otro, irritado, con los ojos colorados y las crines revueltas, tozudo.

Yo no sabía dónde había visto ya todo aquello y realmente puedo asegurar que no lo había visto nunca; en primer lugar porque no estaba en ningún sitio; era como una visión celestial, pero si estaba en el cielo debía encontrarse en el distrito que correspondía exactamente a la provincia de Valladolid. Me parecía haberlo visto siempre pintado en nuestro cielo como en el techo de uno de esos salones imponentes donde hay jueces y magistrados.

¡De qué felicidad se sentiría uno comunicado si pudiera vivir siempre bajo un techo pintado así!

Yo había visto alguno, no sé si en la Universidad o en el Ayuntamiento. Recuerdo que lo vi desde la puerta del salón que estaba vacío. Andaba por allí un bedel quitando el polvo y dos gatos por entre las patas de los sillones, y yo había pensado que así tenían que ser las salas donde se administrase la justicia.

No sé por qué, desde el quicio de aquella puerta, había visto aquella palabra con un trazo noble, porque era una de las que yo abominaba de ordinario. Siempre que oía a los demás: «Esto es justo, esto no es justo», yo me decía: «Bastante me importa a mí de vuestra justicia». En cambio, bajo un techo así, la veía enteramente de otro modo.

No sé si estos pensamientos me sacaron del libro o me ayudaron a entrar en él; leí muy poco más y me parecía que lo había leído todo.

Desde entonces, la idea de no poder comprender algunas de las cosas que dijera ya no me resultó humillante. Era tan cierta la altura de todo aquello, que no significaba derrota el que tardase mucho en llegar a ello.

Cuando salí del despacho, doña Luisa estaba en el comedor; al despedirme de ella le eché el brazo por la cintura y la llevé hasta la puerta. Nos quedamos allí un rato y yo tenía ganas de hablarle de las cosas en que estaba pensando, pero, como siempre, no le dije nada: esperé que el contenido de mi cabeza bajase por mi brazo, penetrase en su cintura y subiese hasta la cabeza de ella. Al cabo del rato me miró muy fijamente y me dijo:

–¡Qué tarde te has dado de estudiar!

–¿Cómo lo sabe usted...? –yo iba a decir «doña Luisa», pero ella me miró antes de terminar la d y dije Luisa sólo.

Ella dijo:

–No sé, pero lo sé.

Entonces me marché y al día siguiente volví con un ánimo templado como en los mejores días. Iba ligera por la calle, sintiendo que los paredones grises de las casas tenían encima aquel cielo azul donde galopaban los dos caballos, y cuando llegué Luisa estaba cosiendo en el lado derecho de la galería, don Daniel leía en el sofá del despacho y no estaba el médico; no podía pedir más.

Abrí los libros, haciendo por no hablar para no distraerle de la lectura, pero él me dirigió algunas palabras de cuando en cuando. Después se acercó a la mesa, abrió como por azar una Historia y también como impensadamente se puso a hablarme del Derecho Romano.

Hasta aquello me resultó ligero, como me hubiera resultado cualquier otra cosa en ese día.

Le escuché con atención; pero al mismo tiempo, con ese discurrir que funciona siempre aparte, en un rincón de mi cabeza, fui considerando lo fácilmente que se había reanudado aquella situación tan perfecta, en la que no quedaba el menor rastro de mis estúpidas ambiciones ni de mis disparates.

¡Estábamos tan bien en ese momento! Pero yo había dejado la cartera de mis papeles en una esquina de la mesa, y empujada por uno de los libros que manejábamos se cayó al suelo. Como estaba abierta, los cuadernos se escaparon de ella y de uno de los cuadernos una hoja que yo había guardado, arrancándola de mi vieja *Historia Sagrada* cuando iba a desecharla.

Don Daniel la recogió y la puso sobre la mesa: tenía un grabado que representaba al Profeta Daniel en el foso de los leones.

No podía parecer que estaba allí por casualidad, pero si hubiese podido parecerlo, yo lo habría desmentido poniéndome colorada hasta echar fuego por la piel.

Don Daniel hizo como que no lo notaba, pero

cuando yo fui a guardarla me apartó la mano, la cogió él y se quedó mirándola tiempo y tiempo.

Me fue difícil adivinar por su cara lo que estaba pensando: la examinaba con una atención enorme y yo no podía imaginar qué detalle estaría descubriendo. Al fin vi que la examinaba con la atención con que se confronta un dibujo con el modelo, y en seguida él me confirmó en mi idea. Me miró y me dijo:

–Hay una gran diferencia. Hay una diferencia inmensa, Leticia.

Hizo un silencio tan grave, que yo creí que se disponía a revelarme algo tremendo, pero sólo volvió a insistir:

–Yo quisiera que te dieses cuenta por ti misma de que hay una diferencia inmensa.

Vio que estaba asustada y quiso zanjar la situación con una broma; echó el grabado sobre la mesa y dijo como conclusión de lo anterior:

–A mí me comerán mis leones.

Aproveché la ocasión que me daba de seguir la broma y dije:

–No lo creo, estoy segura de que a usted tampoco le habrían comido.

Me atajó:

–No estoy hablando de si me habrían o no comido: digo que me comerán.

Metió la hoja en la Historia que había quedado abierta, allí donde estaba lo del Derecho Romano, la cerró y la echó a un lado.

Volvimos a estudiar, volvió a explicarme algo, no recuerdo qué, sin interés por parte de ninguno de los dos, pero con gran empeño de borrar la escena pasada y terminar la lección en el mismo tono que había empezado.

De pronto oímos –acaso hacía ya tiempo que sonaba, pero los dos nos dimos cuenta en el mismo momento– una música que llegaba al despacho. Luisa estaba tocando arriba, en el salón, y no lo comentamos. Podíamos haber dicho: «qué bien toca»; o simplemente: «está tocando», porque la cosa era desacostumbrada, pero no lo comentamos y esto le dio más gravedad al hecho.

Vi que don Daniel esperaba que yo quisiera irme con ella; yo no disimulé que la estaba escuchando; le dejé mucho rato esperar que le pidiese que terminásemos la lección. Yo lo notaba en que sacaba temas de esos que lo mismo pueden prolongarse que interrumpirse. Decía de pronto: «Bueno, de esto tendríamos que hablar más largamente», y hacía un silencio para ver si yo lo aprovechaba, pero yo dejaba que el silencio quedase vacío, es decir, lleno de la música que bajaba del salón. Hasta que la música cesó; Luisa no pudo resistir mucho tiempo aquella soledad. Oí sus chinelas por la escalera.

Al poco rato don Daniel dio por terminada la lección y yo me fui como si no hubiera pasado nada.

Creí que lo habría hecho sólo por matar el aburrimiento un rato, pero no fue así: Luisa siguió tocando un día y otro a la hora que dábamos la lección y yo seguí sin comentarlo y sin sospechar que tocase también cuando yo no estaba allí.

Una mañana salí a comprar no sé qué y al cruzar la plaza oí desde lejos su piano.

Lo oía y no lo creía; me fui acercando; eran poco más o menos las doce, caía el sol de plano y ella tocaba sin parar.

No tocaba las piezas de Adriana; esto era algo diferente. Yo tenía ya hecho el oído a aquella música que ordenaba las notas como en collares y me parecía conocer las guirnaldas que formaba con todas sus variantes posibles; en cambio, esta otra describía una curva muy diferente; más lánguida, aunque muy hermosa también.

Yo iba pensando en esto y en que allí había un misterio; mientras tanto iba subiendo las escaleras en puntillas.

Me quedé en la puerta del salón, que estaba a medio cerrar, y cuando terminó hice un poco de ruido; ella volvió la cabeza.

–La oí desde muy lejos –le dije.

Luisa hizo un movimiento con las cejas que quería decir que había hecho bien en ir. Esperó un momento que yo le hiciese una pregunta y en seguida decidió decir algo que, siendo una explicación, no respondiese a lo que yo pensaba preguntar. Se miró las manos y dijo:

–Los dedos se oxidan enteramente si los abandona uno.

–Estaba usted tocando de un modo maravilloso –dije.

–¡Oh! No, todavía no –contestó–, aunque no sé si sería más exacto decir ya no.

Se agarró con las dos manos al asiento de la banqueta, y apoyando las puntas de los pies en el suelo, la hizo girar hasta sacar todo el tornillo que la elevaba; después encogió las piernas y se dejó descender, dando vueltas rápidamente. Daba vueltas para tomarse el tiempo de decidir si me contaba o no su secreto. Pero oímos los pasos de don Daniel abajo y salimos a la escalera.

Cuando don Daniel nos vio juntas, creyó explicarse mi silencio de por las tardes suponiendo que venía por las mañanas a acompañar a Luisa en sus estudios; y a mí no me dijo nada, pero a ella le preguntó de pronto:

–¿Qué tal, va progresando eso?

Y ella dijo:

–Poco a poco.

Entonces yo me di cuenta, no ya de cómo se hablaban, sino de que se hablaban; hacía tiempo que no les había oído cruzar una sola palabra.

Analicé a fondo aquellas dos frases, pero no saqué nada; sólo conseguí que el misterio de la música pasase a segundo término.

Y en casa, durante la comida, pensé todo el tiempo que acaso había entre ellos un silencio igual al que reinaba de ordinario en nuestro comedor. Claro que allí estaban siempre los niños que gritaban y se abalanzaban a las cosas, pero ellos seguramente seguirían sin hablar.

Me empeñaba en encontrar en las dos frases que había oído algo como la clave de todas las frases que pudieran cruzarse entre ellos y me parecía verlas, sin sospechar, claro está, las palabras de que estuviesen compuestas. Lo que veía era sólo aquella brevedad seca con que don Daniel había soltado la suya, y aquella firmeza tímida con que Luisa había contestado.

Algún otro diálogo así me parecía que podría estar originándose en aquel momento, rompiendo el silencio que flotase sobre los platos y las copas.

Lo que más me llevaba a sentirme en su comedor y a imaginar su diálogo o su silencio, era que recordaba perfectamente el olor de la comida que tenían aquel día. El olor de su cocina, que tenía un atractivo tan irresistible, no podía compararse con el de la de mi casa: de allí siempre trascendía alguna especia exquisita o ese vaho que dejan como una estela las cosas que salen doradas del horno.

Cuando yo estaba bajando la escalera tenía aún la imaginación ocupada por el secreto de Luisa; después, don Daniel soltó aquella frase, en el mismo momento en que yo iba a decir: «¡Qué olorcito llega hasta aquí!». Con esto habría bastado para que Luisa me hubiera hecho quedar y hubiera podido observar si hablaban, y, si hablaban, cómo hablaban.

En silencio, como todos los días entre nosotros, mi tía me puso en el plato un enorme pedazo de gallina cocida en el puchero; yo lo hice desaparecer en cuatro bocados y ella volvió a servirme otras muchas cosas. Como vio que yo no la contenía, exclamó: «¡Qué modo de comer, señor, no he visto cosa igual!».

Ella no podía comprender que el hambre que yo tenía en aquel momento no podía saciarse con nada.

Otra persona, con semejante angustia, no habría podido tragar una miga de pan. Yo estaba sintiendo una especie de impaciencia que me atragantaba, y devoraba todo lo que tenía delante como para acabar con ella. Porque de pronto me parecía que lo primero que había que hacer era acabar con algo, o hacer que algo cambiase, que ocurriese cualquier cosa.

Bien que mi padre y mi tía hubieran decidido morir lentamente; nadie podía impedírselo. Luisa tenía su música, don Daniel sus libros y su conversación; yo les tenía a ellos, es verdad, pero era necesario que en Simancas un día al menos fuese diferente de los otros.

Cuando dejaron de ponerme cerca cosas comestibles, seguí rebuscando migas por el mantel y pensando que aquella inquietud que me invadía era una cosa sin sentido, que no podía comunicar a nadie, y que si la comunicase nadie la comprendería ni me secundaría en combatirla. Esto lo sentía con una firmeza que tenía el ímpetu de una provocación. Hubiera querido gritar aquello, echárselo en cara a alguien, acaso porque sentía que podía hacer brotar algo de la sombra, que algo estaba germinando a escondidas de mí.

No dije nada, se sucedieron dos o tres lecciones más sobre temas pétreos, sin que decayese un momento el rigor de la explicación ni la intensidad de la atención. Encima, los acordes, como un fenómeno natural, como el viento cuando silba en las chimeneas.

Al cuarto día, llegué y encontré la casa como desierta, pero, al estar todo abierto, comprendí que alguien andaría cerca. Me puse a estudiar en el despacho; al poco rato oí unos pasitos, y Luisa apareció en la puerta.

Entró, y apoyó los codos en una pila de libros que había sobre la mesa, dejando colgar las dos manos delante de mí.

Sus manos estaban transfiguradas.

Parecía imposible que aquellas manos que yo tenía delante se hubiesen hundido jamás en las pastas harinosas, que hubiesen martillado, ajustado tuercas, desenrollado la pegajosa cinta de empalme. Sus manos, en aquel momento, eran espíritu puro.

Llevaba junto a la alianza un anillo que siempre había llevado: era un arito estrecho, de turquesas; el azul cambiaba de matiz haciéndose más verdoso en algunas piedras, de esas que parecen maceradas y que la gente llama enfermas. Esto le daba un aspecto de cosa tan viva, que más que anillo parecía una vena: tenía exactamente el color de las venas que se le transparentaban en el dorso de la mano.

Yo empecé a decir:

–Me...

Y en aquel mismo momento Luisa dijo:

–Sabes...

Nos callamos en seco, y en seguida empezó una discusión sobre cuál de las dos tenía que hablar primero. Al fin ella cedió.

–Te iba a preguntar –dijo– si sabes que en el mes que viene son las bodas de plata de la maestra con su escuela.

–¿Cómo es posible, si parece tan joven?

–Cerca de los sesenta –dijo Luisa–; hay que hacerle un gran homenaje, ¿no te parece? Se inaugurarán con él las clases el primero de septiembre, que fue el día que ella tomó posesión.

En seguida empezó a contarme que había venido el alcalde a leerle una carta de las damas que formaban la sociedad benéfica que había costeado los estudios a la maestra, donde pedían a las señoras de Simancas su cooperación en el homenaje que pensaban rendirle. La maestra era la primera de las jóvenes pobres a quienes habían favorecido, y querían conmemorar aquellos veinticinco años de vida virtuosa como el mayor triunfo de su sociedad.

Mientras Luisa me contaba todo esto, yo me sonreía, recordando que días antes, al llegar a casa, había visto que salía el alcalde y que se detenía largo rato platicando con mi tía en la puerta. Yo le había preguntado a mi tía:

–¿Qué te decía?

Y ella me había respondido:

–Nada, tonterías.

Se lo conté a Luisa, y ella, un poco desconcertada, dijo:

–Pues yo le contesté que haré todo lo que esté en mi mano.

–Usted no podía contestarle otra cosa –dije yo–; pero ¿usted sabe qué es todo lo que está en su mano?

–No. ¿Qué es lo que está?

Me reí tanto de su mirada inocente que no pude responder, y ella exclamó:

–¡Ah! ¿Qué era lo que ibas a decir antes?

–Iba a decir, precisamente iba a decir que me gustaría ver en su mano una espada.

–¿Una espada?

–Sí, he visto tantas cosas en sus manos, que de pronto pensé que me faltaba por ver eso: así, como se dice, una espada refulgente. Me gustaría ver que su mano la cogía por el puño de oro, junto a la cruz, y la levantaba en alto.

Seguí diciendo no sé qué tonterías sobre el Arcángel San Miguel y vi que Luisa se retraía ante aquella idealización de sus manos, se encogía asustada, casi temblando, pero en realidad como ya otras veces la había visto, no asustada, sino desorientada, indecisa, sin saber cómo reaccionar, sin querer reaccionar.

Al fin, con uno de esos suspiros que van hacia adentro absorbiendo el aire por la nariz, se sacudió la indecisión y, alargando la mano, me dio una palmada en la frente, con fuerza, diciendo:

–¡Qué cabeza a pájaros!

Yo me había concentrado tanto en la contemplación de su mano, que habría necesitado besarla, pero se me escapó: don Daniel estaba en la puerta.

Vino hacia la mesa, se sentó en su silla, tenía una sonrisa extraña; no puedo menos de decirlo: cruel.

Empezó diciendo:

–Hoy tienes la vena épica, ¿no?

No contesté. Él siguió:

–Me parece que la historia de Alejandro Magno te resultaría hoy un cuento de niños.

No pude contestar. Don Daniel dijo:

–Mejor una ojeada a la regla de tres, eso templa más los nervios.

Contesté al fin con voz enteramente serena:

–Mucho más.

Días después, al encontrarnos juntas, entregadas a la costura, don Daniel soltó otra frase sarcástica:

–Eso, más que homenaje, va a ser una fiesta galante.

Luisa y yo nos callamos; ahora le tocaba a él el turno de no ser comentado.

Yo dejé sobre la mesa lo que estaba cosiendo y pasé al despacho. Me había esforzado en estudiar más que nunca, a pesar de que pasaba horas enteras ayudando a las chicas en casa de una de ellas a terminar sus labores para la exposición que pensaban hacer, y de que luego, con Luisa, me ocupaba del vestido que iba a llevar a la fiesta y del papel que me estaba destinado, pero creía que podría abarcarlo todo y en realidad podía.

Ni mi atención ni mi inteligencia quedaban mermadas por aquel esfuerzo; lo que pasaba era que don Daniel falseaba su técnica; antes no había hecho más que enseñarme lo que yo ya sabía, en aquel momento se me hizo evidente. Todas sus explicaciones habían tomado siempre como base puntos centrales cuyo conocimiento poseía yo profundamente y él a aquello le añadía ramas por donde corría una sustancia que nunca era extraña para mí. De pronto cambió, aunque no de un modo ostensible. No me daba lugar a preguntarle por qué las cosas eran diferentes, pues, es más, si yo hubiera intentado demostrar que percibía la diferencia, no me habría sido posible señalar en qué consistía. El caso es que cuando todo parecía marchar por sus cauces habituales, con un inciso abordaba regiones desconocidas, sin prevenirme, como dando por sentado que aquellas regiones habían sido siempre dejadas al margen por condescendencia suya o más bien por certidumbre de que mis fuerzas eran escasas para penetrar su intrincamiento. Así, al abordarlas, lo hacía siempre con una frase neta, precisa y tan compleja que en un instante proyectaba delante de mí todas las perspectivas de mi ignorancia. La frase no era nunca una explicación ni tampoco una pregunta brusca, pues con esto hubiera descubierto su nueva táctica: era generalmente una alusión a cosas de las que se podía decir mucho y de las que no había ni por qué preguntar.

Yo tenía la fuerza de voluntad suficiente para no

demostrar mi desconcierto, pero me iba a casa llevándome dentro aquellos enigmas, tan irremediablemente como el que se ha tragado un veneno y sabe que no puede deshacerse de él y que poco a poco va a ir invadiéndole.

El efecto de aquellas palabras era realmente mortífero, porque todo se anulaba delante de su vacío. Estaban bien delimitadas en mi cerebro, pero como figuras recortadas en un papel; toda su área era un hueco, y el resto de mis facultades se asomaba allí, fascinado, a punto de dejarse tragar.

De pronto, la memoria, cuando ya no le quedaba nada que hacer en el terreno de la inteligencia, traía al primer plano un sentimiento, una especie de pasión. Y digo una especie, porque era una especie de mala pasión, mezclada también de buena: algo así como una ambición, como una venganza y como una ilusión encantadora al mismo tiempo. Entonces me abalanzaba sobre el libro, y leía un par de veces el poema que había elegido para recitar en la fiesta; después, a oscuras, lo repetía infatigablemente, aunque me lo sabía de memoria, sin fallar en una coma, pero ensayaba mentalmente las inflexiones que daría a la voz, las pausas o los bríos que tenía que poner en determinados pasajes.

Nunca me atreví a recitarlo en voz alta y, sin embargo, estaba segura de que mi voz sería perfecta.

A veces, en mi cuarto, había dicho un par de versos y me había callado en seguida, con una especie de vergüenza de estar diciendo aquello ante el espejo del armario, viendo reflejados en él la cama, la percha y el lavabo, y sobre todo viéndome yo así, en traje de casa, tan diferente de lo que tenía que ser, de lo que tenía que lograr ser el día de la fiesta.

A Luisa le había recitado sólo algunos trozos; ella parecía no haber leído el poema; yo no le dejé nunca el libro. Le hice una descripción aproximada y ella me dijo que le parecía espléndido antes de escucharme.

Lo más difícil fue imponerles nuestro plan a los de la Comisión Organizadora.

Una tarde, el alcalde los reunió a todos y fue aceptado sin oposición de nadie todo lo que propusieron para la primera mitad del día: la misa, la exposición de las labores, el banquete para la gente importante.

Luego se pasó a discutir la fiesta solemne en el Ayuntamiento, que sería a media tarde.

Todos convenían en que debía durar poco aquella fiesta, pero según el número de cosas que pensaban acumular en ella parecía incalculable su duración.

Luisa se había empeñado en llevarme con ella a aquella reunión, pues decía que así tendría más valor para hablar. En efecto, intervino con gran aplomo.

Empezó diciendo que ella, como no era de Simancas ni tampoco podía considerarse forastera, quería hacer algo particularmente y se ofrecía a tocar unos valses de Chopin para que la fiesta resultase más amena.

El alcalde dijo en seguida:

–Bien, muy bien, no puede haber una fiesta sin música y a mí me parece que tratándose de una señora la banda no está indicada.

Todos aprobaron. Luisa añadió:

–Leticia, la niña del coronel Valle, está en un caso parecido; no aprendió sus primeras letras con la maestra, pero ha recibido de ella algunas enseñanzas y sobre todo le tiene mucho afecto; puede recitar en honor suyo algunas poesías.

Todos dijeron ¡muy bien! también, y el médico añadió:

–Sería conveniente que recitase alguna poesía alusiva.

Luisa le atajó:

–¿Quién iba a escribirla? –creyendo que no tendría el valor de contestar, pero, por si lo tenía, antes de darle tiempo a tomar aliento, siguió–: Aquí no hay nadie destacado en las letras, es mejor que diga versos de algún gran poeta de la localidad; recitará un poema de Zorrilla.

–¡Qué barbaridad! –exclamó el médico. Después, asustado de su exclamación, añadió–: ¡Pero doña Luisa, Zorrilla es un poeta que ya no interesa a nadie!

–No me negará usted que es un gran poeta.

–Un gran versificador, señora, un gran versificador, que no es lo mismo.

La discusión duró eternidades. El alcalde no se atrevía a imponer su criterio porque no lo tenía, y miraba al espacio por encima de las cabezas de los otros. Miraba muy lejos; yo creo que se había trasladado mentalmente al paseo central de los jardines de Valladolid cuya avenida remata en un extremo con la estatua de Colón y en el otro con la de Zorrilla, y como él tenía una medida justa del valor del primero, pensaba que el hombre que estaba en la otra punta del paseo no podía menos de ser alguien. Al fin intervino, invocó la cortesía, la caballerosidad, y tomó el partido de Luisa.

Todo quedó establecido tal como nosotras lo habíamos proyectado.

Después vino una semana de fiebre: mañana y tarde bordaba en la escuela con las chicas y luego corría a casa de Luisa. Me había llevado allí mi vestido de la primera comunión, y, entre las dos, lo transformamos un poco: largo hasta el tobillo, la banda de seda bien ajustada a la cintura, sin cuello, por supuesto, y las mangas fruncidas, sujetas en el antebrazo con una gomita.

Luisa me dijo:

–¿Por qué te empeñas en ponerles un elástico?

Y yo le confesé:

–Ya verá usted el mecanismo, mi tía no me deja nunca llevar mangas enteramente cortas.

A última hora de la tarde empezaba el suplicio. La sonrisa de don Daniel se había congelado en su boca, andaba con ella por la casa sin variar, sin atenuarla ni acentuarla. Más que una sonrisa era un modo incalificable de enseñar los dientes: era la sonrisa de un lobo.

Es fácil imaginar que si un lobo se sonriese se sonreiría así, pero es que si un lobo se metiese las manos en los bolsillos del pantalón también lo haría igual que él, igual que él se apoyaría en los quicios de las puertas o se marcharía por el pasillo en silencio.

Lo que era mucho peor que todo lo que pudiese hacer un lobo eran las frasecitas que dejaba caer de cuando en cuando.

Una tarde, al levantarme para ir al despacho, a Luisa se le ocurrió decir:

–Hoy tienes una cara de cansancio atroz.

Don Daniel añadió:

–Mejor será que dejes los estudios hasta que terminéis de preparar entre las dos la enésima olimpiada.

Entonces me marché, dije que era cierto que estaba rendida, y me fui a la calle, pero no a mi casa. Bajé por un callejoncito a la izquierda y oí la campana de la ermita del Arrabal; fui hacia allí. Entraban muchas mujeres a la novena; acorté el paso hasta que entraron todas; sólo quedaba una pobre, con su perro en la puerta, y al fin acabó por entrar también.

Llegué a la ermita y la rodeé hasta encontrarme detrás, enteramente junto al ábside; desde allí apenas se oía el murmullo de dentro. Había una soledad maravillosa. En toda la vertiente de la colina no se divisaba ni un alma, aunque, a pesar de estar ya puesto el sol, la luz era tan limpia que se podía contar las pajas que habían quedado de la siega.

El silencio era absoluto. Tosí un poco para ver qué resonancia tenía allí la voz: no había ningún eco. Si hubiera gritado, mi voz se habría perdido en seguida en la llanura, y hablando a media voz podía percibir muy bien el tono justo, que sin duda no llegaría al interior de la iglesia.

Recité el poema entero. Los cuatrocientos cuarenta y ocho versos se extendieron por el espacio tal como el autor los había concebido: formando un gran camino, ancho al principio, y al final como un hilo delgadísimo.

El poema era *La carrera*, esa leyenda del rey moro cuyo caballo desbocado le lleva al paraíso, y allí, en aquella paz perfecta, me convencí de que resultaría hermosísimo. Brotaría de mis palabras la figura sublime que se escapa de la tierra, y yo, de cuando en cuando, extendería un brazo que sin señalar, con la mano abierta, indicase, entre las filas de la gente notable, una figura tan superior como la de uno de esos personajes que están señalados por un destino singular.

Estaba segura de lograr el efecto deseado, porque mi voz era la única cosa que consideraba verdaderamente satisfactoria en toda mi persona, y mi dicción era tan perfecta, que hasta la gente del pueblo me la elogiaba continuamente.

Dudaba más de la presentación, el traje, el modo de poner los pies: allí no me veía en ningún espejo y, sin embargo, notaba que estaba bien.

De pronto, apareció el perro de la pobre y se me acercó esperando que le acariciase, pero yo no me interrumpí; seguí recitando y le miré fijamente. Se azoró y se marchó con la cabeza baja.

Estuve allí mucho tiempo, hasta que se hizo de noche y empezó a darme miedo; decidí entrar, pero habían terminado los rezos y salía ya la gente. Me metí entre el grupo y nadie se dio cuenta de dónde salía yo.

Yo no creía que en la mañana del día aquel pudiese pasar nada: estaba ausente, concentrado mi pensamiento en las cinco de la tarde que habían de llegar, pero a las diez de la mañana empezaron a aparecer en la plaza los coches que llegaban de Valladolid, y en uno de ellos, el que menos curiosidad me inspiraba por estar ocupado por las damas más nobles de la sociedad benéfica, se presentó mi profesora.

Cuando yo vi, entre aquel montón de faldas negras, enormes, su figura esbelta, con un traje sastre gris muy ajustado, sentí que perdía el compás, el equilibrio, el centro de gravedad para todo el día.

Habría querido esconderme, habría querido también tener cerca a Luisa para apretarle el brazo y cambiar con ella una mirada, pero estaba con mi tía, que se había creído comprometida a ir a la iglesia, y yo esperaba que se fuese a casa para unirme al grupo de los que iban hacia la escuela. La vi y no pude dar un paso.

También mi tía la vio y dijo:

–Hay que ir a saludarla.

Yo le indiqué que era mejor esperar a que no estuviese tan rodeada de gente. Claro está que mi indicación le pareció acertada.

Me quedé reflexionando. Luisa iba ya con la maestra y la vi que echaba miradas en redondo buscándome. No podía comprender por qué no estaba yo con ellas; pero yo quería ordenar mis ideas.

Al fin, mi profesora nos vio desde lejos y le salimos a la mitad de camino. Me puso una mano en el hombro y dijo:

–¡Lo que ha crecido esta chica!

Me pareció muy fría su voz. Siempre me había tratado como se trata a un muchacho, pero antes, en Valladolid, eso era como un estilo, como un juego convenido más bien. En esta ocasión me pareció simplemente una muralla, una restricción, porque en el juego yo ya no podía entrar.

Mi tía se puso a charlar con ella; es la única persona a quien la he visto hablar con naturalidad. Yo me escapé: no podía más.

Corrí hacia la escuela, donde estaban preparando

todo para la llegada de las damas de la comisión. Luisa me interrogó con los ojos, yo hice un gesto como si escapase de alguna gran tortura y dije: «¡Mi tía!...», nada más. Así Luisa podía suponer que había tenido una de esas escenas desagradables, sin importancia en el fondo...

No sabía cómo contarle mi encuentro; yo le había hablado muchas veces de mi profesora con todo el entusiasmo que su recuerdo me inspiraba, y en aquel momento me resultaba infinitamente penoso que la viese tan distanciada de mí y que se diese cuenta de que aquello podía influir en mi estado de ánimo y dar ocasión a que me pusiese en ridículo por la tarde. Pero fue inevitable que nos quedásemos más o menos solas y que pudiésemos hablar lo que quisiéramos porque las dos nos pusimos a arreglar una larga mesa donde estaban expuestas las labores. La mesa la habían compuesto de pupitres unos junto a otros, recubiertos por sábanas blancas, y nosotras empezamos a sujetar con chinches una cinta amarilla y encarnada formando guirnaldas todo alrededor, con lazos en las esquinas.

Yo me sentía morir por no poder explicarle a Luisa que aquello me resultaba horrible. Horrible no es la palabra: desastroso.

Si mi profesora no hubiera aparecido allí, yo no lo habría notado, pero saber que iba a pasar sus ojos sobre todas aquellas cosas, me deprimía hasta dejarme sin fuerzas.

Mi desesperación debía ser tan visible, que Luisa me dijo al fin:

–Pero ¿qué te pasa?

En aquel momento las damas llegaban a la puerta

de la escuela, y con mi profesora, muy aparte del grupo, cogida de su brazo, y cuchicheándole al oído, mi tía.

Sobre aquel hecho fabriqué una explicación absurda, tan absurda que no puedo ni recordarla: algo así como que ya no tendría libertad para nada.

Luisa me suplicó que tuviese serenidad y yo le prometí tenerla. Para fingir que la tenía, me ausenté, dejé que las cosas pasasen a mi alrededor como si no las viese, y pasaron aquellos saludos, aquellas felicitaciones, aquellas alabanzas.

Al fin todos se fueron al banquete y yo con mi tía a casa.

La mesa estaba ya puesta. Al sentarnos, mi tía dijo de aquel modo impersonal con que se hablaba en casa, como dirigiéndose a alguien que no se pudiera asegurar si estaba presente, sólo así, por si estuviese...:

–Ahí apareció, entre las beatas de la comisión esa, Margarita Velayos.

Mi padre levantó las cejas y sonrió:

–¡Hombre, Margarita!

Mi tía añadió:

–Dijo que cuando salga del banquete pasará un momento para verte.

Y después, como reflexionando ella sola:

–No sé qué habrá venido a hacer aquí, con todos estos pardillos.

Nadie dijo más, pero la expresión de mi padre quedó como dulcificada mucho rato.

Yo tenía ya sobre la cama preparado el vestido, el cinturón, la cinta que iba a llevar en la cabeza; pensaba haber gastado dos horas o más en arreglarme, pero aunque pasaba el tiempo no me decidía a empezar. Sabía que iba a llegar mi profesora y no quería tener que explicarle lo que me disponía a hacer.

Paseé durante largo rato por mi cuarto, sin saber qué actitud tomar, sin acordarme siquiera del poema, prestando sólo atención a los ruidos que se producían en la puerta de abajo. Al fin oí abrir y las voces de ella y mi tía; bajé.

Cuando llegué al cuarto de mi padre, mi profesora estaba sentada en una silla baja junto a la butaca. Había un silencio como si nunca fuesen a romper a hablar. Al fin, mi tía se decidió a decir:

–¿Qué tal el banquete?

Mi profesora contestó, alzando los hombros:

–Lo peor fue el café.

–Eso se arregla tomando uno bueno –dijo mi tía, y salió de la habitación.

Ni una palabra más; los dos siguieron en un silencio apacible, sin violencia ninguna. Se veía que si no hablaban no era porque no pudiesen, sino porque no lo necesitaban, como si lo supiesen todo el uno del otro, como si fuese la visita a quien no se pudiese dar una sola noticia.

Yo me había puesto de espaldas al balcón, apoyada en la falleba de hierro, y les miraba recordando aquellos relatos forzados con que mi padre acostumbraba paralizar a sus visitantes. El campamento, los chacales, la perra, y el fondo nocturno de un designio que no había medio de penetrar.

Lo que pasaba en aquel momento no era que aquellas cosas quedasen olvidadas, sino, al contrario, que las callaban porque los dos las sabían.

Margarita Velayos, allí sentada, casi tocando con su rodilla la de mi padre, era como un oficial que hubiese luchado junto a él, que hubiese explorado con él las avanzadas en la sombra, que le hubiese visto caer y que fuese el único que conociese la cara del que le había herido.

Tomaron el café. Ella bebió su copa de coñac en tres sorbos: tres sorbos pequeños, pero bebidos largamente, con la copa abrigada por la mano, como los fumadores sostienen la pipa. Y al mismo tiempo que hacía aquel ademán varonil, su cabeza tomaba una actitud tan delicada como la de una virgen.

Tenía un perfil recto, impecable, una piel morena, y el pelo liso, muy oscuro, le caía naturalmente en *bandeaux* junto a la cara. Lo llevaba recogido en un moñito pequeño y sedoso que le colgaba en la nuca bajo el sombrero de panamá.

Las contradicciones que había en ella estaban tan depuradas, tan elevadas por su nobleza, que parecían como incorruptibles en aquel clima frío que se desprendía de ella.

Yo sentía mientras la contemplaba un dolor horrible en la espalda: era el pestillo del balcón que estaba clavándoseme junto a la columna vertebral, y dejaba caer sobre él todo mi peso, intentando domar por medio de aquel dolor el torbellino de impulsos discordantes que se me revolvía dentro.

Al marcharse, mi padre tuvo mucho rato su mano cogida y le dijo solamente:

–He tenido una alegría muy grande.

La miró con una tristeza inmensa, como si le dejase ver aquella tristeza infinita para que por ella calculase lo grande de su alegría.

Yo llegué a la fiesta. Llegué vestida, peinada y dispuesta en todo exteriormente; el derrumbamiento de mi ánimo nadie lo conocía.

Fui con mi tía; yo misma la animé. Luisa y yo teníamos convenido ir juntas, pero por la mañana yo ya la había prevenido diciéndole que no podría zafarme del plan familiar y a ella no le extrañó. Con aquello yo seguía teniendo un pretexto para mostrarme desesperada y para justificar todos mis desaciertos. Pero una vez allí no pude continuar apartada; la gente se iba agrupando a su gusto. Luisa llegó con don Daniel, pero en seguida les separaron y ella vino a buscarme: creía que yo esperaba su ayuda.

Nos sentamos juntas. No sé quién estaba cerca de nosotras, no sé cómo empezó aquello. Discursos, aplausos, discursos.

La sala estaba llena; habían venido en ómnibus, chicos de las escuelas de Valladolid que bordoneaban como un enjambre. Era inconcebible que una voz, una sola voz, lograse imponerse a aquel murmullo, y yo no quería acordarme de que mi voz tenía que sonar poco tiempo después.

Pasó dos o tres veces por mi cabeza la duda de si recordaría el poema; esbocé mentalmente el primer verso y lo rechacé en seguida con una especie de repugnancia. Lo llevaba escrito en un papel, pero sentía que no tendría lucidez ni siquiera para leerlo y concentré toda mi atención en la forma que debía dar a la larga tira en que estaba escrito, sosteniéndola con una sola mano.

Había copiado el poema con letra menuda en una tira de papel apergaminado, que al sostenerla desenrollada formaría dos volutas en los extremos.

Tenía perfectamente ensayada la postura de la mano izquierda con la que lo sujetaría, y había invertido horas, días antes, en resolver el problema geométrico que diese una voluta para un lado y otra para el otro; porque si la tira estuviese hecha un simple rollo, al soltarlo formaría como una C, y lo que yo quería era que formase como una S, para lo cual había tenido que doblar la tira en dos, y así, una vez estirada, cada mitad se desenrollaría para el lado contrario de la otra.

Durante mucho tiempo esta idea fue el refugio de mi imaginación, y, mientras tanto, apretaba el rollo de papel hasta dejarlo demasiado fino. Luego temía que ya estuviese viciado y no reaccionase por sí mismo al soltarlo; lo aflojaba y después de tenerlo un rato suelto, volvía a ajustarlo.

Los discursos se sucedían en la gran plataforma donde habían puesto la mesa presidencial; a la derecha el piano de Luisa y a la izquierda un pequeño hemiciclo formado por macetas de laurel donde se situarían los que iban a recitar.

Subió primero un grupo de chicos a los que el maestro había enseñado un paso de comedia donde alguien moría y caía violentamente al suelo, dando con la cabeza en las tablas: ¡vergonzoso!

El brazo de Luisa que había estado enlazado al mío se deslizó por debajo de él; la miré, y vi que estaba empezando a quitarse el sombrero. Comprendí que iba a actuar. Llevaba una gran pamela de paja tostada sujeta con agujones; se la puso en las rodillas y sacudió los bucles, que parecían no haber sido chafados por el menor peso.

El alcalde anunció su actuación, rebuscó y amontonó frases, esforzándose en hacer que aquello pareciese razonable. Dijo que era un homenaje de amistad, que era el mejor ramo de flores; ponía los pelos de punta oírle.

Luisa, igual que había deslizado su brazo debajo del mío, se desprendió de la silla que ocupaba, dejó el sombrero en el asiento y fue hacia las tres gradas que había delante del piano. Entonces me fijé en que llevaba un vestido que yo no conocía y yo no había hecho el menor comentario. Era estampado en los tonos de las hojas secas, y llevaba puesto un collar largo hasta la cintura, de color amatista. Cuando subía las gradas de la plataforma, resplandecía.

La música llenó la sala, como siempre. Yo olvidé todo el malestar pasado, porque de la majestad de aquella música emanaba una soledad en la que se disolvía cualquier circunstancia fea.

Oyéndola, había que olvidar el resto del universo y sentirse solo con ella, como en la soledad de su salón o como cuando, yendo por la calle, llegaban desde lejos sus acordes y todo quedaba como hipnotizado, y se reducía el mundo a una esquina, a una losa de la acera.

Cuando terminó hubo una salva de aplausos larga y prolongada, que decrecía y volvía a crecer numerosas veces, porque querían obligarla a repetir, y cuando unos aplausos aminoraban, arreciaban otros, en verdadera disputa, dejando a la sala a la expectativa de una cosa incierta, como cuando vuela sobre uno una bandada de palomas que se aleja y vuelve y no se sabe dónde va a posarse.

Hasta allí yo me sentí en una especie de éxtasis, pero de pronto entré en una confusión como si me viese acosada por algo que se lanzase contra mí inevitablemente: las palabras del alcalde, donde pude entender algo así como «La composición del eximio poeta...».

Me crucé con Luisa delante de la tribuna y le apreté la mano. Subí, y al pasar por delante de la mesa hice una reverencia. El alcalde señaló el hemiciclo de laureles y me dijo rápidamente en voz baja:

–Ponte allí, que se te vea bien.

Que el alcalde me encontrase digna de ser vista no quería decir nada; sin embargo, cuando llegué a los laureles –el trayecto me había parecido una legua– estaba casi serena, porque al pasar por delante de la mesa miré maquinalmente hacia arriba y vi, entre los terciopelos escarlata que formaban el dosel, el retrato de don Alfonso XIII. Yo pasaba deprisa, pero en la mirada rápida que le eché, su actitud arrogante me pareció transformarse en un mohín despreocupado. Estaba representado de pie, sosteniendo el ros con una mano y apoyando la otra en la empuñadura del sable, y me pareció que alzaba los hombros con aquel mismo gesto que había visto hacer bajo mi balcón al hijo del señor Marcos. Me pareció oír la frase inolvidable: «Lo que tú quieras, salada», y sentí que me concedía de antemano el triunfo, que todo sería lo que yo quisiera; desplegué el papel y empecé a recitar.

Si es difícil en cualquier caso medir el aliento que hay que dar al primer verso, mucho más lo es en *La carrera*, pues el poema se desboca en las primeras palabras con el impulso de un caballo que no obedece al freno.

En los cuatro primeros alejandrinos ya me sonó a mí misma mi voz como un galope, y en seguida me esforcé en suavizar lo que había oído al médico llamar la monotonía onomatopéyica: no me fue difícil. Después de sugerir el ímpetu del caballo, empieza la descripción de las imágenes airadas que pasan junto al rey moro: el ritmo puede hacerse menos duro entonces, se puede realzar más las palabras, que son de por sí tan hermosas:

> Del álamo blanco las ramas tendidas,
> las copas ligeras de palmas y pinos,
> las varas revueltas de zarzas y espinos,
> las hiedras colgadas del brusco peñón.

Extendí el brazo derecho con un ademán vago. Me había levantado disimuladamente las mangas hasta el hombro antes de subir a la tribuna; aunque mis brazos eran sumamente delgados, no se les marcaban los huesos en las articulaciones; por lo tanto no eran prosaicos, por lo tanto podía accionar con ellos, y entonces giré un poco sobre los talones, dirigiendo el ademán como hacia el fondo de la sala.

En la primera octava, al aludir a la figura del héroe, mentando apenas al jinete real arrebatado por el ímpetu del caballo, yo miraba hacia la presidencia, sin poner en mi actitud más que la precisión pasiva de cuando se relata un hecho inactual. Después, al empezar a aludir a las imágenes y monstruos que poblaban el delirio del rey en su carrera, fui dirigiendo mis ademanes hacia todo el ámbito, como si empezasen a brotar allí, y en un momento dado, después de haber repetido varias veces que las imágenes pasaban en tal y tal forma, al decir nuevamente:

Pasaban y Al-hamar las percibía
pasar sin concebir su rapidez...

extendí el brazo hacia un determinado lugar, exactamente tal como lo había ensayado detrás de la ermita. Señalé a un sitio en la primera fila de espectadores, con la mano abierta, como si tocase algo con la punta de los dedos, como si descorriese un velo que descubriese el misterio. Y desde allí, desde la tribuna misma, sentí latir su corazón.

Esto no son sólo palabras: lo sentí.

Por la misma razón que mis sentidos naturales estaban casi anulados; miraba y no veía.

El murmullo, la inquietud del gentío, todo se había borrado, y también la distancia de cinco o seis metros que me separaba de don Daniel.

Era lógicamente imposible que yo desde donde estaba oyese latir su corazón, y también era fuera de toda lógica que él se sobresaltase al oír el nombre del rey Al-hamar como si hubiese oído su propio nombre. Sin embargo, así fue: en aquel momento no había entre él y yo ni distancia ni secreto.

Él veía las ideas que se agolpaban en mi cabeza como yo veía que la sangre se aceleraba en sus venas, porque además el poema me ayudaba no sé si a descubrirlo o a provocarlo. También era aludida allí la agitación interior del que cabalgaba fuera de donde es lógico cabalgar.

Recalqué, con el brazo extendido otra vez en la misma dirección:

Y en sus sienes golpeando sin tiento
de la sangre el latido violento

sus oídos zumbaban con lento
y profundo y monótono son.

Pero yo no quería sólo atormentarle, y además, ¿por qué había de sentirse atormentado con aquello? No es posible explicarlo. Lo que puedo asegurar es que él sufría en aquel momento una verdadera tortura y que en mis planes había figurado desde un principio la posibilidad de lograrlo.

Ya en otra ocasión he hablado a propósito de esto, de venganza; sí que la había, y la prueba de que era justa es que apareció en seguida en sus ojos aquella expresión sombría que parecía que iba a desatar de un momento a otro un acontecimiento terrible. Exactamente igual que el día que se escapó de entre mis papeles el grabado del profeta Daniel.

En esta otra ocasión era yo quien le enseñaba la imagen desde la tribuna, con toda mi osadía, porque él no podía hacerme callar ni obligarme a cambiar de tema.

Su palidez, las sombras que le proyectaban en las ojeras las luces de la sala, no sé si despertaban en mi fondo una marejada de ternura o de miedo; el caso es que seguí porque la sonoridad de aquellos versos me arrastraba y porque quería llegar al fin. Aunque no tuviese fin, es decir, finalidad ninguna.

Aquello no conducía a nada, no tenía un desenlace que llegase a demostrar algo. No, era sólo el vértigo de acumular, de mentar cosas, de rodear y adornar la figura elegida con todas las bellezas de la tierra y el cielo. Y el hecho de nombrarlas, realzado no ya por las palabras sino por las sílabas, por sonidos verdaderamente celestes que con la pureza de sus matices diesen la sensación de que iba dejando atrás la atmósfera de las cosas materiales.

Así, cuando el rey cree ir a repetir «el místico y nocturno viaje del Profeta», hay frases que relumbran como ésta:

Los astros vio suspensos
de auríferas cadenas
y sus lumbreras llenas
de espíritus de *luz*.

Pero desgraciadamente aquí falla el consonante. No puedo comprender que un escritor tan magistral tuviese la debilidad de cometer ese provincialismo; después de unos versos como ésos, seguir:

Espíritus inmensos
en forma de caballos,
de corzos o de gallos
de enorme *magnitud*.

Se conoce que cuando era pequeño le dejaban en su casa decir *magnituz*, como dice en Valladolid la gente poco educada; a mí eso me resulta intolerable y me costó un trabajo atroz disimular la cojera de esa rima.

Todo menos decir *magnituz*, pero si hubiera dicho *magnitud* dejando sonar la d, se hubiera notado demasiado la falta de concordancia; entonces opté por decir *magnitú*, alargando la u con cierta maña.

Ese truco me salió tan espontáneo como le sale a toda la gente de la ciudad el decir *Valladolí*. No queremos decir *Valladoliz*, como la gente ordinaria, ni queremos marcar la d al final por no parecer afectados: entonces suprimimos la consonante, así, con desparpajo.

No sé si fue la influencia de ese defecto, que al sonar en público me pareció que alcanzaba dimensiones enormes; el caso es que empecé a sentir una inseguridad angustiosa respecto a la belleza del poema.

Seguí la descripción de las visiones y encontré que de pronto decía:

> Vio grutas pintorescas
> por sílfides moradas,

¡Pintorescas! La verdad es que es abominable la palabra.

¿Sería esto lo que el médico quería señalar, por lo que decía que ya no podía interesar a nadie?

No me atreví a mirar a donde él estaba sentado. Seguí; al final volvería la evocación del rey, ya en el trance de alcanzar la región donde sólo entran los elegidos, afrontando la senda estrecha que se tiende vacilante:

> Tan delgada
> como el hilo
> en que se echa
> descolgada
> una oruga.

Volví a sentirme segura, volví a entrar en el ambiente, en el aura del héroe y ahora ya con el aceleramiento del verso corto, que marca tanto el sentimiento del riesgo:

Es el puente
de la vida
que la gente
a luz venida
ha por fuerza
de pasar.

Seguí largo rato sin hacer más comentarios mentalmente; me olvidé a mí misma hasta que llegué a no reconocer mi propia voz. Si el poema era onomatopéyico, mi voz se identificaba como el camaleón con sus matices. El poema borbotaba en mi voz con toda su turbulencia:

Temeroso
de mirar,
espumoso,
siempre hirviente,
rebramando
eternamente
y azotando
siempre el puente
con horrísono
bramar,
bajo de él
hierve el mar.
Israfel
allí está
para ver
el que va
sin caer
y pasar
no dejar
al infiel,

y he aquí
que por él
va a pasar
el corcel
de Al-hamar.

Había un gran silencio. Las personas mayores puede que sólo por educación, pero los chicos no rebullían porque seguían el cuento con los cinco sentidos. Acaso para ellos era más claro que para nadie: lo veían, lo seguían con los ojos.

Yo señalaba al fondo de la sala como si estuviese allá lejos:

Llega, avanza,
ya se lanza,
ya en él entra.
Ya se encuentra
suspendido
sobre el puente,
sacudido
por el piélago
bullente
cuyo cóncavo
rugido
se levanta
sin cesar.
Aturdido,
sin mirar
a la indómita
corriente
que le espanta.
Sin osar

aspirar
el ambiente
que le anuda
la garganta,
sin que acuda
tierra o cielo
en su ayuda...

Y ya con más serenidad, como con la certeza del final glorioso, como si el rey empezase a pisar la tierra firme de sus propias virtudes. Y nuevamente señalando a la primera fila de butacas:

Vuela y pasa,
justiciero,
rey prudente,
juez severo,
y valiente
caballero
el primero
de la casa
de Nazar.

Pestañeó, como si hubiese sentido un contacto brusco en los párpados. Yo vi que con aquel sacudir las pestañas rechazaba la frase que yo había enviado con todo mi aliento: «¡el primero!».

Mi voz, en aquel momento, habría sido envidiada por todos los generales que han mandado batallas. Y tuvo que callarse. No pudo decir: «Hay una gran diferencia, hay una diferencia inmensa».

Pensé de pronto: «Y Luisa, ¿qué dirá? ¿Qué diría, si pudiera decir algo ahora?».

La miré: al principio no vi más que una mancha dorada donde relucía el collar amatista; por fin, conseguí ver la claridad de su frente.

No diría nada, porque no pensaba nada, pero eso no quiere decir que no sintiese nada: sentía que yo estaba bien. Haber estado bien también ella, le era indiferente: todo lo había hecho por mí. Pero si lo hubiera hecho sólo por bondad, me habría impresionado menos. El fondo era mucho más complicado. Luisa deseaba casi tanto como yo misma que yo realizase mis ambiciones, necesitaba ver que yo hacía lo que quería y que lo hacía bien y poder decir ella: «Eso es».

Su serenidad aumentó mi ánimo y me lancé con brío hacia el final. Sobre el puente inseguro.

Perdido
el sentido,
demente,
transido
de horror,
ya toca
la opuesta
ribera,
ya poca
carrera
le cuesta,
¡valor!

Muy difícil, con la respiración ya agitada, no sólo por los diez minutos de discurso, sino por estar viviendo el poema, dar la precisión justa a las palabras finales, pues los versos monosilábicos se pierden si una sola vocal queda empañada:

Saltó,
pasó
con bien
y allá
cayó
de pie,
salvo
fue,
¡oh!
Ya,
¿quién
ve
do
va?

Aplaudieron, no sé si mucho o poco porque al decir el último verso perdí la conciencia de todo. Pasé de unas manos a otras por toda la gente de la presidencia, las señoras me abrazaron, los hombres me dieron palmaditas en los carrillos. Yo debía tener la expresión de una loca, porque procuraba sonreír, pero sentía que odiaba a todo el mundo.

Al abrazar a la maestra apoyé mi cara contra su mejilla mojada por las lágrimas. Me retuvo un rato estrujada sobre su enorme pecho, y a punto estuve de echarme a llorar yo también, pero no sucumbí. Al bajar de la tribuna seguí repartiendo sonrisas y miradas feroces, hasta que volví a encontrarme junto a Luisa. Volví a sentarme a su lado, volví a enlazar su brazo con el mío y no pensé más; creí sentirme en paz y a cien leguas de todo hasta que la fiesta terminó.

Desde mi sitio observé que la silla de don Daniel estaba vacía y me pareció imposible que se hubiera ido. Cuando nos levantamos, vi que paseaba junto a la salida con el médico; procuré que no me viesen.

Al ponerme el abrigo me di cuenta de que estaba temblando. Habían abierto las puertas y había entrado un frío cortante. Terminé las despedidas apresuradamente porque deseaba lanzarme hacia aquel frío. Dije adiós a Luisa y me fui con mi tía, arrancándola del grupo donde estaba Margarita Velayos, que me despidió tan glacial como me había recibido. Las señoras que estaban con ella le hablaban de mí, sin duda, porque la oí decir:

–Siempre tuvo una memoria fuera de lo normal.

Con mi tía hasta casa. La miré de reojo y vi que movía la cabeza imperceptiblemente, porque se había quedado confusa de todo aquello.

Subí corriendo a mi cuarto; no quería que mi padre me viese vestida de aquel modo. Después bajé a decirle buenas noches y no cené: me metí en seguida en la cama.

Acaso algún día, con los años, adquiera una condición que ahora me falta: el sentido de la continuidad. No logro imaginar siquiera lo que harán las personas mayores al día siguiente, cuando han hecho una gran barbaridad, cuando se han puesto en ridículo o se han entregado desenfrenadamente a una emoción, pero quiero creer que obrarán en consecuencia. Me parece lógico que, según los caracteres, unas se mantengan en su disparate y otras disimulen o se esfuercen en borrarlo. Yo no puedo hacer ninguna de esas cosas, yo no sé más que morir con el último chispazo de mi energía.

Morir es una expresión tonta, puesto que jamás se me ha pasado por la cabeza la idea de morir ni mis disparates han tenido nunca bastante grandeza para ello. Lo digo así porque no encuentro otro modo de decir que algo termina, que algo se extingue en mí en momentos como ésos. Mi voluntad se agota bruscamente y con ella mi memoria y mi entendimiento, como si se volcase el recipiente que los contenía y no quedase una sola gota.

El hecho de reflexionar sobre esto puede que sea señal de que va pasando el tiempo, pero de todos modos temo seguir sufriendo siempre esos eclipses, no mirar nunca cara a cara las consecuencias de mis cosas hasta cien años después de realizadas, cuando ya nadie se acuerda ni tienen el menor arreglo, habiendo pasado por ellas con una estupidez que parece un egoísmo ciego.

¿Será eso lo que la gente llama inocencia? ¡Qué asco! Nunca me cansaré de decir el asco que me da esta enfermedad que es la infancia. Lucha uno por salir de ella como de una pesadilla y no logra más que hacer unos cuantos movimientos de sonámbulo y volver a caer en el sopor.

En el día de hoy, ya distante de los hechos, puedo traer a la memoria aquellos momentos de agitación reviviendo sus más pequeños detalles, porque la que actuaba en ellos era yo misma, la que soy ahora; pero el día después, ¿quién era yo el día después? Sólo puedo recordarlo como se recuerda lo ajeno, como si me hubiera visto a mí misma, desde una ventana, salir de casa con mi cartera debajo del brazo. Yo no era más que un muerto que andaba. Tengo que volver a emplear esa expresión. Aunque, más que un muerto, era un autómata: algo que nunca había vivido, porque después de la muerte queda el cadáver con sus modificaciones naturales y después de un terremoto quedan las ruinas, pero después de esa muerte no queda ni la señal. El olvido sustituye a la vida, al aire que se respira, al tiempo mismo. El día de la fiesta yo tenía quince o veinte años, al día siguiente cinco o seis.

Y todavía hay algo más doloroso: las personas mayores ven esas caídas con toda naturalidad, con la misma naturalidad con que ven a un chico de dos años caerse a cada rato. No le reprochan a uno nada, se ponen a tono y con eso demuestran que a lo anterior no le habían dado el menor crédito.

¿Podría alguien creer que después de lo pasado volvimos a resbalar hacia una situación idéntica en todo a la de un mes antes?

Algunos comentarios entre Luisa y yo tuvieron más carácter de secreto que cuando estaba en proyecto la cosa. Y con don Daniel, un nuevo acercamiento gradual, en proporción al olvido de aquello. Porque el mío fue, desde un principio, un verdadero olvido mortal, pero el suyo, ahora lo veo claro, estuvo primero al acecho y no se manifestó hasta que vio claramente aquella devastación que había quedado en mí, aquel desierto inmensurable como mi pequeñez.

Entonces volvió a ser cordial, volvió a prodigarme las explicaciones fáciles, aquellas que me proporcionaban el goce de comprender, de creer que ejercitaba mi inteligencia, y yo las acepté como si aún tuviese fe en mí, como si no supiese de una vez por todas que estaban expresamente confeccionadas.

¿Hasta dónde tenía que llegar mi olvido para volver a pasar las tardes mojando la pluma en el gran tintero semiesférico y contemplando la tinta violeta a través del vidrio espeso, sin más, sin ningún otro pensamiento, saboreando el silencio del despacho, que para mí era confortable, era ameno, porque estaba poblado por los objetos de encima de la mesa e incluso animado por los libros detrás de mí en las estanterías? Desde él, yo no pensaba ni siquiera en el silencio que quedaba fuera. Debía ser tan árido, y sobre todo tan invencible, tan ilimitado, que Luisa no lucharía por romperlo; estoy segura de que voluntariamente no hizo nada. Acaso su angustia conjuró a las fuerzas infernales, porque el hecho es que acudieron a su llamada. Y que eran infernales lo demuestra el que acudieron, pero como acuden los buitres al que cae en un barranco.

Sucedió precisamente en aquel pasillo de la luz celestial, cuyo suelo estaba siempre brillante y rojo. Ponían cera sobre el almazarrón hasta que quedaba como un espejo; yo había pensado muchas veces que era forzoso caerse allí.

Una tarde, cuando llegué, encontré a Luisa tendida en la cama y a su alrededor don Daniel, a quien habían mandado llamar, y las muchachas poniéndole paños con árnica en una rodilla. Nunca llegué a saber cómo había sucedido.

Su expresión de sufrimiento era horrible. Aquella serenidad habitual en sus rasgos, que hacía a su semblante parecer al mismo tiempo firme y vago o más bien distante, pues ninguna de las contracciones que alteran de ordinario las caras de las gentes se dibujó jamás en la suya, aquella grandeza impasible, que no parecía ni mucho menos insensible ni fría, había desaparecido. No puedo decir que se había borrado, más bien se había roto en cincuenta pedazos.

Ante el dolor concreto que estaba allí, en la rodilla y nada más, que tenía por causa un golpe, y el golpe un paso en falso únicamente, Luisa gritaba y se crispaba con una furia tan desmedida como si aprovechase una ocasión largo tiempo deseada. Se quejaba con la voz, con las manos, con los ojos, como diciendo: «¿Por qué no? Ahora puedo quejarme sin pudor alguno, de esto cualquiera se quejaría», y su modo de quejarse era tal que parecía que no era de aquello de lo que se quejaba.

Me dio casi miedo acercarme a ella, me pareció que no iba a reconocerme, pero vencí aquel momento de horror, me acerqué y le cogí una mano, y, efectivamente, su mano no me reconoció, no pudo quedarse entre las mías: estaba dominada por una inquietud que la endurecía, por un empeño que parecía no tener más fin que el de demostrar lo feo y lo bochornoso que es el sufrimiento.

Al fin vino el médico, le vendó la pierna y le dio un calmante; sus facciones se serenaron un poco al reposar en la almohada, pero en una mano siguió conservando el pañuelo hecho una bola, húmedo de haberlo mordido, apretándolo con fuerza.

Me fui tarde a casa, aunque no se podía hacer nada por ella, y a la mañana siguiente fui en seguida a ver cómo estaba, pero se habían ido a Valladolid. Había pasado la noche con dolores fortísimos, y al ser de día habían pedido por teléfono un coche para llevarla a ver con los rayos X.

Bajé maquinalmente hacia la carretera, me apoyé en el brocal del puente, mirando al camino. Era absurdo salir a esperarles tan pronto, pues no hacía ni dos horas que se habían ido, pero mientras no volviesen no podía hacer otra cosa.

Di varias vueltas, estuve un rato entreteniendo a los niños que parecían consternados pero no protestaban, fui a casa a explicar lo ocurrido, y mi tía se lamentó, no ya de que hubiese sucedido tal desastre, sino de que hubiese sucedido algo.

Volví al puente; sobre el agua del río iban hojas recién caídas de los álamos; no sé por qué su frecuencia me impacientaba, como si en cada una de ellas esperase ver llegar algo que no llegaba. Las veía venir desde lejos, acercándose hasta desaparecer bajo mis pies, en los ojos del puente, y me impedían pensar, no podía dejar de atenderlas. Otra más, otra más y lejos, allá en el fondo del valle de donde venían, sabe Dios qué: la sospecha de alguna escena horrorosa, con gritos, con gestos desesperados.

Tardé en decidirme a pensar en aquello; por esto, seguía con la vista a las hojas secas. Cada vez que mi imaginación me llevaba a reflexionar sobre la escena del día anterior, retrocedía y me aferraba a cualquier cosa pasajera; sin embargo, llegó un momento en que me encontré reviviendo todo lo que había visto.

Del mismo modo que aquel día en que dos frases cruzadas entre ellos me hicieron suponer todos sus posibles diálogos, así, al haber visto a Luisa manifestar su dolor –más bien su cólera contra el dolor, su intolerancia– no pude menos de parangonarla con los breves gestos sombríos o melancólicos que había sorprendido a veces en don Daniel.

Era difícil, muy difícil explicarse aquella especie de discordancia. Luisa, que era en todo tan armoniosa, que parecía tan firme en sus modales, en sus palabras, generalmente escasas, de pronto dejaba ver que era débil; esto ya lo había yo entrevisto en otras ocasiones, pero sobre todo dejaba ver que su belleza, o más bien, que su grandeza, no aumentaba en los momentos que podría uno llamar culminantes. Don Daniel, en cambio, era cien veces más admirable cuando uno de aquellos gestos de tristeza le pasaba por la cara. Yo no había visto nunca más que, a veces, como la sombra de un pensamiento que cambiaba su fisonomía, y siempre había lamentado que no se detuviese en él, porque me parecía que aquella región debía ser su verdadero reino. Sonreír o reír francamente, lo hacía como todo el mundo. Unas veces se veía en su sonrisa la burla, otras la inteligencia, otras la crueldad, otras, incluso, la alegría. Esto raras veces y nunca por sí mismo. Acaso, si intervenía en las cosas de otros o si veía algo bonito, un objeto o un animal hermoso.

En cambio, cuando pasaba por su cabeza una idea dolorosa o terrible, entonces era único. La tristeza que salía de sus ojos modificaba la luz del ambiente, se extendía por él, parecía que no podía quedar nada sobre la tierra que no participase de aquella tristeza. Era como una de esas bocanadas de fuego que se escapan a veces por la portezuela de un horno y nos dejan ver un instante la violencia del elemento que se encuentra allí dentro encerrado.

Desde las ocho de la mañana hasta las seis de la tarde, les esperé. Hice todo lo que es posible hacer en numerosas idas a su casa y a la mía, y a cada rato volvía al puente; allí me concentraba en estos pensamientos y así creía estar acompañándoles. El tema aquel del dolor me parecía que era lo que más me acercaba a ellos. En la incertidumbre de la espera, hora tras hora, había momentos en que me parecía que ya no volverían jamás.

Al fin, apareció a lo lejos el auto. Don Daniel venía junto al chófer, y Luisa dentro, con las piernas extendidas sobre el asiento. Yo me metí y me senté en el suelo del coche; allí me fue contando hasta llegar a la casa lo que había.

Estaba mucho más serena que el día anterior. Tenía una pequeña fractura en la rodilla y los médicos que la habían reconocido aseguraban que era cosa de poca importancia; no le dejaría la menor molestia; únicamente la esperaban cuarenta días de inmovilidad en la cama.

Fue muy difícil sacarla del coche. Ella podía apoyarse sobre la pierna izquierda, pero había que impedir cualquier contacto o movimiento en la otra. Todos prestamos nuestra ayuda y al fin conseguimos sacarla de allí. Una vez fuera, don Daniel la cogió como si fuera una pluma y la subió al cuarto en un momento, pero antes de ponerla en la cama, Luisa dijo:

–Espera un poco, es mejor que separen la cama del rincón para dejarme yo caer sobre el lado izquierdo y así moverme con más facilidad.

Él iba a discutirle que daba lo mismo, pero desistió, porque Luisa añadió:

–Yo lo prefiero así.

Las dos muchachas corrieron la cama dejándola como un metro separada de la pared.

Don Daniel pasó con Luisa al rincón para ponerla en la cama y ella dijo aún:

–Las almohadas, ponedme muchas almohadas.

Yo había observado todo el tiempo que duró la maniobra, pero ¿cómo puedo decir que lo observé? Si lo hubiese observado, ¿quién podría darme crédito? ¿Es que yo voy a considerar que mi observación queda tan fuera de lo común, o que mis dotes son tan excepcionales que sobrepasan infaliblemente las de los demás seres humanos? No, yo no observé nada: yo me transporté –pues si acaso poseo algún don excepcional es ése únicamente–, me uní, me identifiqué con Luisa en aquel momento, recorrí su alma y sus cinco sentidos, como se recorre y se revisa una casa que nos es querida. Vi todo lo que había en su pensamiento, percibí lo que sentían sus manos, sentí el sentimiento que se imprimía en su voz.

Don Daniel la sostenía sin dificultad ninguna; ella le tenía un brazo echado alrededor del cuello y con la otra mano hacía como que se agarraba un poco al hombro contrario, pero no se agarraba a ningún sitio, porque no era preciso; solamente sus manos recorrían con suavidad los hombros de él, como si estuviese insegura, como si buscase mejor apoyo, pero no buscaba, realizaba aquello que aquel día era posible, que ocasionaba aquella circunstancia tan breve –por eso procuraba prolongarla con una especie de ansiedad en los ojos y pedía que arreglasen todos los detalles– que le permitía tocar el paño del traje de él, oprimirle un poco entre el brazo y el pecho, más fuerte al sentirle inclinarse sobre la cama, y desprenderse lentamente, como si fuese muy expuesto dejar caer al fin la cabeza en las almohadas.

¿Quién podría negarme que yo sentí todo lo que pasaba dentro de Luisa, como si estuviese yo misma dentro de ella? Las mil preguntas que yo me había formulado otras veces, incluso las cosas que no podía comprender y que esperaba que cuando fuese mayor ella me contase, todo quedó aclarado de pronto. En un momento supe de ella tanto como ella misma y esta vez mi emoción quedaba libre de todo escrúpulo de egoísmo. Lo que vivía en aquel momento no era una maquinación de intereses míos más o menos provocadores. No, yo vivía en ella y exclusivamente por ella, su vida, sus secretos más íntimos, y puedo jurar que yo sentía con ella, desde su último fondo, aquella especie de sed con que las palmas de sus manos parecían absorber el paño del traje.

Los niños quisieron subir a la cama para besar a su madre; yo no les dejé, los arranqué de allí, diciéndoles que podían hacerle mucho daño. Procuré evitarle todo contacto, alejar todo ruido de su alrededor. Procuré yo también salir de ella, olvidar los momentos anteriores, y me fui con los niños a la cocina; allí estuve un rato entreteniéndoles hasta que fue la hora de acostarles.

Al día siguiente hubo mucha actividad en el cuarto de Luisa. Por la mañana vino un practicante de Valladolid para ayudar al médico a ponerle la escayola en la pierna, y por la tarde empezaron a llegar visitas. Esto duró varios días; todas las señoras de Simancas fueron cayendo por allí.

Yo me pasaba el día entero con ella; naturalmente, no estudiaba.

Al bajar del cuarto una tarde, vi a don Daniel en el despacho.

Entré resueltamente y no conseguí en la primera mirada hacerme cargo de su disposición de ánimo;

entonces, antes de que él tomase una actitud, me puse a hablarle de Luisa. Le pregunté si era cierto que los médicos no habían dado importancia al accidente y él me respondió sin escatimar detalles. Dibujó en un papel la cabeza del hueso, tal como él la había visto con los rayos, y me indicó dónde se adivinaba la fractura, que no era más que como una astilla no enteramente desprendida. Me aseguró que podía soldarse perfectamente y que no le quedaría molestia alguna al andar.

Era la primera vez que allí, en aquella habitación, se hablaba de lo que pasaba en las otras, pero yo me había propuesto que sobre aquello no se hiciese el silencio y no se hizo. Don Daniel accedió a hablar, no por debilidad ni por deber: le gustó la decisión mía y correspondió con largueza.

En toda la primera semana no pasó nada extraordinario. Al octavo día llegaron por la tarde dos señoras: una era una mujer malvada, no había más que verla; la otra era tonta, completamente boba, y en la primera parte de la conversación no hubo nada de particular; Luisa, como siempre, enteramente ajena a todo aquel barajar de asuntos domésticos y chismes del vecindario.

De pronto, la señora malvada empezó a decir que Luisa debía ser muy feliz por tener aquellos dos niños tan hermosos. Luisa movió la cabeza afirmativamente, sonriendo un poco; la señora siguió diciendo que se parecían mucho al padre y que era lástima que no tuviese también una hija que se pareciese a ella. Luisa apartó su mirada de la de aquella mujer y la dejó reposar en la de la otra, que tenía unos ojos muy tranquilos. Influida por la confianza que se desprendía de ellos, respondió:

–Sí, me gustaría mucho tener una hija que se pareciese a su padre, porque los niños se parecen demasiado a mí.

La señora boba repuso:

–Pero doña Luisa, usted es casi rubia, ¿cómo puede decir que se le parecen?

–Me refiero al carácter –dijo Luisa.

Y la mala añadió:

–Los hijos, unas veces sacan el físico del padre y el carácter de la madre; otras lo contrario. El caso es que los padres nunca están contentos.

Parecía que iba a callarse, pero tomó la decisión de seguir:

–Lo que demuestra que es usted una esposa modelo, es que considere que lo mejor de su marido es el carácter.

Luisa sonrió y se llevó una mano a la frente; no se tomó la molestia de aclarar que lo que había querido decir era enteramente otra cosa.

Yo pensé: ¡un secreto más! Y entonces vi en su cara, que tenía aparentemente la serenidad habitual, ir grabándose una serie de pequeños rictus, de variaciones que iban dejando en ella los pensamientos y que antes yo no habría podido percibir. Y creí sentir algo parecido a esas veces que me había puesto a buscar entre la hierba del pinar los piñones caídos y no había podido al principio distinguir nada de la monotonía de las briznas, hasta que descubría el primero y en seguida iban apareciendo más por todas partes, porque ya conocía las características de claroscuro que los delataban.

Temí que ella notase que mi modo de mirarla era otro; entonces, procuré dar a mi mirada una fijeza que pudiese parecer perplejidad o cansancio y que me permitiese al mismo tiempo seguir estudiando el nuevo campo abierto a mis conocimientos.

Don Daniel hacía todas las tardes varias apariciones en el cuarto, siempre breves: decía unas cuantas palabras y se marchaba. En una de ellas aludió a mi abandono de los libros; fue enteramente en broma y una broma sin maldad. Dijo que era una cosa curiosa la considerable holgazanería que yo llevaba dentro, y después añadió que si le parecía curiosa era porque nadie podía sospechar que la llevase cuando se me veía ya entregada a la actividad del estudio y que, en cambio, así que aparecía en el horizonte la posibilidad de zambullirme en ella, me arrojaba con verdadera fruición.

Mientras don Daniel hablaba de esto, yo estaba preparando una taza de café para Luisa, así que no le miré; me hice un poco la sorda porque en el fondo me estaba dando risa la razón que tenía, pero cuando oí que siguió como disculpándose de decir aquello, como justificándolo con toda clase de explicaciones, tales como «es un mero comentario, es una observación psicológica», comprendí que aquellas disculpas no iban conmigo y miré a Luisa.

Estaba recostada en los almohadones, un poco inclinada hacia la izquierda, con la sien apoyada en la mano y el otro brazo extendido a lo largo del cuerpo. ¿Quién habría podido adivinar las pasiones que animaban su alma? Yo, sólo yo. Yo vi que sus ojos, aunque medio entornados, se quedaban fijos en una mirada al sesgo y que las pestañas, que seguían la misma dirección de la mirada, por quedar el párpado un poco abultado en el punto que tocaba a la córnea, parecían lanzas. Su mirada era amenazadora, pero era como el que amenaza con rencor y angustia al mismo tiempo. Su mirada decía exactamente: «Quieres quitarme lo único que tengo».

Para sacarla de aquel pensamiento le hice beber el café y le pregunté implacablemente si estaba fuerte o flojo, dulce o amargo, si era suficiente o si quería más. Mientras tanto, don Daniel desapareció, se borró del cuarto, sin que oyésemos siquiera sus pasos por la escalera. Mucho más tarde, cuando ya parecía imposible acordarse de la escena anterior, y, sin mentarla, sin advertir que se refería a ella, como si en realidad el discurso no se hubiese interrumpido ni por una coma, Luisa dijo:

–La verdad es que has perdido casi todo el mes de septiembre, y de aquí a junio me parece imposible que estés preparada para un examen.

Yo no hice más que levantar los hombros, como diciendo, no que me fuese indiferente, sino que ya veríamos.

Al día siguiente me dijo ya con toda naturalidad:

–Vete a estudiar, no pierdas una tarde más.

Y después de un pequeño titubeo, yo bajé, porque pensé que si lo dejaba para cuando don Daniel estuviese ya de vuelta, me costaría más trabajo.

Poco después asomó por la puerta, me dijo «¡hola!», dio unos cuantos paseos por la habitación, se sentó al fin y abrió un libro. Ninguna alusión a mi pereza, ninguna ironía y el estudio más serio y más intenso que nunca, pero no con un rigor forzado como la otra vez, sino con una eficacia, con una claridad que hacía avanzar las cosas como sobre ruedas.

Luisa llegó a lo increíble: llegó a superar su serenidad, que yo creía insuperable. ¿Sentiría que yo la asaltaba, que yo le había encontrado la brecha? No sé, el caso es que por las mañanas, cuando yo llegaba, ya estaba a su alrededor todo en orden; estaba peinada, acicalada, recostada la espalda en los almohadones y como entregada desde allí a actividades triviales.

Un día, entrada ya en la segunda semana, la encontré con la cama llena de cosas: cajas de collares que estaba poniendo en orden y varios libros. Tenía junto a ella una novela inglesa y un diccionario; entre las páginas de éste asomaba el borde de un pequeño folleto azul. Luisa cogió el diccionario y dijo:

–Anoche me puse a leer ese libro y me encontré aquí dentro una cosa. ¿A que no sabes lo que es?

Señaló el bordecito azul que sobresalía. Como yo hice un movimiento negativo, siguió:

–Es una cosa que metí en este diccionario el primer día que tú viniste a esta casa, para dártela, y después la olvidé.

Lo sacó al fin y dijo:

–¿Ves? Es la teoría del primer año de solfeo. ¿Recuerdas que viniste a eso?

Yo me sentí transportada a aquel día con no sé qué añoranza, dominada por la evocación.

Luisa siguió:

–Claro, que el año pasado yo no estaba para meterme en una empresa así; que a ti te convenían mucho más los libros, que ya eres demasiado grande para empezar el solfeo con intenciones de tocar seriamente y que además no tienes carácter para pasarte varias horas al día sentada al piano; sin embargo es una lástima.

–Sí, es una lástima.

El folleto estaba ya en mis manos; yo lo hojeaba y Luisa seguía:

–Lo que habría que hacer, dentro de un cierto tiempo, es impostarte la voz, porque, eso sí, cantar, puedes llegar a cantar muy bien.

Yo dije:

–No sé, no tengo notas altas; en cuanto intento subir, la voz me falla.

–Porque tu voz es de contralto y no tomas nunca el tono debido: eso es cuestión de educártela. Como no debes esforzarte demasiado pronto, sería mejor que hubieses dominado el solfeo para cuando tuvieses hecha la voz.

Aquella tarde yo tuve un cuidado extremo de que no se cayese al suelo la cartera de mis libros, porque entre ellos estaba el cuadernito azul. Y a la mañana siguiente, sentada sobre la cama de Luisa, me aventuré en aquella nueva disciplina, en forma muy diferente de lo que habían sido los canturreos de los coros, tiempo atrás.

Aprendí en seguida a leer la música, me familiaricé en la primera lección con todos los signos: me fue fácil, muy fácil. Alrededor de la lección hablábamos de lo que podría llegar a cantar. Luisa me enumeraba todas las óperas en las que la parte de contralto era importante, me contaba los argumentos y me cantaba a media voz algunos trozos que ella sabía en italiano, en francés y hasta en alemán. Sabía romanzas en número incalculable, melodías de todos los pueblos; tenía en la cabeza una verdadera geografía musical, pero no cantaba nunca porque tenía muy poca voz y porque además el cantar no era para su carácter.

Acaso por eso mismo deseaba tanto que yo cantase. Tenía verdadera impaciencia por levantarse para poder emprender aquello con entusiasmo. Total, quince o veinte días más y podríamos ir a Valladolid a buscar piezas que fuesen adecuadas a mi voz y, si no lo eran, ella las transportaría.

Lo que me parecía más admirable era verla escribir la música. Tarareaba cosas medio olvidadas y las apuntaba con lápiz en trozos de papel pautado que había entre los métodos. Yo no había visto nunca la música escrita así. Los signos musicales, tan duros, tan estrictos en la escritura impresa, quedaban allí reducidos a unos garabatos ligeros, a unos moñitos, a unos rabitos, siempre inclinados por la velocidad de la mano de Luisa, que dejaba en ellos la oblicuidad suave de la letra inglesa.

Llevábamos tres o cuatro días de lección, que se limitaba a la mañana; por la tarde, todo aquello era relegado. Subía a ver a Luisa al llegar y no me quedaba con ella más que un momento; cuando cerraba la puerta del cuarto todo quedaba allí dentro y me ponía a estudiar en el despacho con verdadero empeño, con verdadero furor.

Yo estaba segura de que no había ningún indicio para que don Daniel supiese que malgastaba mi tiempo. Recogía los métodos y papeles antes de que él llegase a mediodía y Luisa tenía tanto empeño como yo en no hacer ningún comentario. Sin embargo, no sé si fue de pronto, o poco a poco, no sé si conscientemente o como un mero barrunto, el caso es que don Daniel volvió a emanar desconfianza, ironía, acritud.

Y ante eso se me plantea una dificultad que no sé si podré vencer. Quisiera dejar formulada aquí una incertidumbre que ya me asaltó en el momento de los hechos y que hasta ahora no he conseguido aclarar. No sólo no he conseguido aclararla, sino que ni siquiera pensarla. Me ha estado rondando, me ha estado amenazando, y nunca tenía valor para afrontarla.

En primer lugar, no hay ninguna razón para que no les suceda a los demás las mismas cosas que me suceden a mí. Que yo no haya notado nunca que a otros les suceden, no quiere decir que no sea, pero sí me lleva a pensar que, puesto que yo no me entero de las cosas de los otros, tampoco los otros se enterarán de las mías.

Parece una deducción justa, y no, no lo es: hay que plantearlo de otro modo.

Yo creo poder a veces entrar en el alma de los otros, unirme, identificarme con ellos. Lo único que atestiguaría que no es pura imaginación sería que los otros lo percibiesen en alguna forma. No lo demuestran; por tanto, es lógico pensar que no lo perciben; pero también podría suceder que, cuando yo estoy creyendo ejercer mi voluntad, no esté haciendo más que obedecer a una llamada y que los otros se queden igualmente sin saber si obtuvieron respuesta, porque nadie es capaz de confesar secretos de ese género.

Sólo los santos, los espíritus que han consumido toda su vida en la contemplación, están seguros de ser correspondidos y acaso este no saber, esta resistencia a la confesión entre los seres humanos, indica que jugar con esas cosas es un grave pecado.

Es tan grave, que ni siquiera en la confesión de la iglesia se deja desvelar. Yo he hecho mil veces el propósito de confesar largamente todas estas aventuras de mi alma, pero lo he hecho a altas horas de la noche, cuando me sentía realmente zozobrar en la angustia.

Por la mañana, o no recordaba nada, o recordaba algo tan frío, tan intrascendente, que el confesor me decía: «¡Bah, bah!, no le des importancia a esas fantasías».

¿Por qué las confieso ahora? Porque es más de la una, porque me levanto a veces de la mesa, me acerco a la ventana y miro a través del doble vidrio la noche que parece helada, hojeo lo que llevo escrito y veo que es una cosa insípida y monótona; busco, rebusco en el fondo de la angustia que me va invadiendo y encuentro esto y lo escribo, porque lo que me pasa es que tengo miedo de seguir adelante. Aún puedo decir algo más de aquellos acontecimientos secretos y dudosos, aún puedo recordar infinitos detalles, antes de pasar a otra cosa.

Ya he dicho que no había indicios que delatasen mis entretenimientos. No los había materiales, pero de un modo automático e irremediable se repetía el fenómeno de siempre. Yo estudiaba, centuplicaba mi esfuerzo y con buen resultado; pues bien, en vez de permanecer concentrada o absorbida por el estudio, mi habitual multitud de ideas laterales me zumbaba alrededor, y entre ellas, preponderantes, las que partían de las experiencias recién adquiridas, las que se habían concretado, iluminadas por las emociones que aún quedaban próximas.

¿Hasta dónde alcanzaba el poder envolvente de esas ideas? ¿Llegaban a transmitirse produciendo repercusiones de su misma índole, o es que por azar coincidían con otras que, sin ser iguales, concordaban con ellas?

Sólo pude notar que en los ratos que estábamos sentados junto a la mesa, don Daniel hablando y yo escuchando, de pronto su mirada se apartaba bruscamente de mí. No como cuando alguien aparta los ojos de otro, intimidado. No, en él eso no podía suceder: cambiaba súbitamente la dirección de su mirada, como si de pronto le asaltase una idea que necesitase esclarecer con atención intensa, y miraba a un rincón oscuro, donde debían estar brotando para él fantasmas horrorosos.

Y, ¿cómo decirlo?, lo que se reflejaba en su cara en esos momentos –tan pasajeramente como cuando el temblor de una vela hace oscilar las sombras, como si las visiones del rincón proyectasen sobre él el ondear lúgubre de un velo negro– era exactamente lo que yo había estado queriendo provocar con mi pensamiento.

El tema desarrollado en la página del libro abierto, podía ser cualquiera, de geografía o de gramática; entre párrafo y párrafo, entre pregunta y respuesta, a veces simultáneamente a un período largo, mi pensamiento se afincaba en la obsesión del dolor.

¿Dolor concreto, de algo o por algo, ideas razonablemente tristes? Nada de eso: yo no hacía más que invocar al dolor, como esos personajes de los cuentos del Norte que llaman al miedo en medio del bosque.

Si yo fuese perversa y además tan necia que no tuviese luces ni para comprender que lo era, todo esto resultaría degradante para mí, pero sinceramente creo que no es eso lo que me pasa: creo que es otra cosa.

En primer lugar, hoy día veo que no es el dolor lo que yo invocaba, sino más bien el horror; algo fuera de lo cotidiano, uno de esos sentimientos o situaciones que llaman de prueba. ¿Cómo iba yo a querer atraer el dolor hacia un ser que adoraba y admiraba sobre todas las cosas? Lo que pasaba era que la parte de su personalidad que entraba en juego en el trato diario conmigo era tan limitada y yo entreveía en él tal grandeza, que me era difícil resignarme a no participar más que de aquello.

Luego, el accidente de Luisa, las reflexiones de aquel día en que la larga espera en el puente me había llenado la cabeza de pensamientos y reflexiones penosas, es lo que me había llevado a darle esa especie de fórmula.

Fuese como fuese, lo único comprobado es que yo pensaba, al mismo tiempo que aparentaba atender, en aquello que yo llamaba las ideas dolorosas u horribles; que anhelaba con todas mis fuerzas contemplar uno de aquellos gestos, sorprender una de aquellas miradas borrascosas y que la intensidad de mi empeño lograba que los gestos y las miradas llegasen a aparecer.

De ellos provenía toda la irritación y la acritud de don Daniel. Una tarde cortó la lección bruscamente, diciendo que tenía que ir a no sé qué sitio. Al día siguiente, antes de empezar la lección, sus preguntas fueron ya ponzoñosas:

–¿Has estudiado todo?

–Todo.

–¿Y lo sabes?

–Naturalmente.

–«¡Qué talento, qué talento! Prosigamos.»

Me soltó esa frasecilla de una zarzuela antigua, que va acompañada de un cierto soniquete. Ya me lo había dicho otras veces y en tales ocasiones, que, repetirla ahora, era dar por declarada la guerra. Yo sabía que detrás de ella venían las explicaciones enigmáticas, las preguntas insospechables.

Vio que la amenaza me había puesto tan en guardia, que, acaso por defraudarme, no pasó de una discreta crueldad.

No sé si a la mañana siguiente yo llegué al cuarto de Luisa enteramente descorazonada o si acabé de ponerme al verla a ella en el mismo estado.

Luisa venía llevando su enfermedad con una paciencia heroica. Desde el día de la caída no había vuelto a quejarse, como si hubiese ya rebajado el sufrimiento a la categoría de costumbre, pero aquella mañana, apenas repasamos una lección, dijo que no se sentía bien porque había pasado muy mala noche. La pierna escayolada se le había quedado como entumecida, y además había venido el médico temprano y le había dicho que no podría levantarse a los cuarenta días, sino que probablemente necesitaría un par de semanas más.

Las dos pasamos la mañana como abrumadas, como sintiendo que era inútil hacernos ilusiones o proyectos, que todas las cosas que deseábamos podrían retardarse o interrumpirse o deshacerse. Nos quedamos como esperando que alguna solución llegase de pronto, pero lo único que llegó fue el mediodía y, como era lógico, don Daniel volviendo del archivo.

En cuanto entró en el portal oí sus pasos, pero no fui capaz de recoger los métodos.

Los días anteriores lo había hecho con naturalidad, como dando por terminada la tarea; hacerlo en aquel momento habría sido demostrar a Luisa que lo ocultaba –cosa que ella sabía perfectamente–, y no lo hice. La vi quedarse a la expectativa un rato, y luego afrontamos las dos juntas la mirada inquisitorial que se percató de todo en un momento y se mantuvo completamente inalterable, como si no hubiese visto nada.

Volví a primera hora de la tarde, me encerré abajo y abrí los libros. Pasó tiempo, un tiempo como una mole, y creí que don Daniel no vendría, pero oí un reloj que daba las cinco y a poco apareció como de costumbre.

Después del ¡hola! habitual se fue hacia la estantería; le oí revolver libros, andar de un lado para otro; tuve el valor de no volver la cabeza. De pronto dijo:

–Por fin apareció la historia que buscábamos el otro día. Puedes llevártela a casa y leerla, si es que te quedan fuerzas después de tus múltiples actividades.

Yo me dije: Ya empezó el fuego. No contestar es contestar, es demostrar que ha dado en el blanco y que estoy dispuesta a seguir recibiendo el tiroteo. ¿Por qué no cambiar de actitud, por qué no contestar con una sinceración que haga imposible todo ese juego de indirectas? Me volví un poco y le miré. Empecé diciendo:

–No crea usted que me he puesto a estudiar la música seriamente; sólo estoy preparándome un poco porque, por ahora –iba a decir «dice Luisa», pero me lo callé–, todavía es pronto para impostarme la voz. Luego, cuando tenga edad, ya me gustaría cantar bien.

Logré desarmarle, pero menos de un minuto. Cuando empecé a hablar, él notó mi acento inocente y franco y, casi sin querer, se puso a escucharme en una actitud semejante, pero después que se percató del sentido de mis palabras, levantó las cejas con un asombro afectado, soltó un ¡ah!, que se prolongó sin fin, mientras acumulaba ironía, y dijo:

–¿Conque vas a dedicarte al bel canto?

Yo no me di por vencida. Contesté en el tono de antes:

–Como profesión ni pensarlo, pero, en fin, me gustaría cantar con algo de escuela.

–¡Perfecto, perfecto! –exclamó, y dio con la palma de la mano en el lomo del libro que tenía–. No puede habérsete ocurrido nada más perfecto ni más adecuado. ¿Cómo no me habré yo dado cuenta antes de que eras una artista?

Vino hacia la mesa, soltó el libro y me miró como... no sabría decir cómo.

Siguió:

–Eso es lo que tú eres, exactamente, de pies a cabeza: una artista, una verdadera artista. Te creo capaz de incendiar Roma.

No dijo más; hubo un silencio corto y pavoroso, y bruscamente se fue. Pero, al marcharse, yo pude oír aún algo que no sé si fue un rechinar de dientes o una pequeña risa o una ligera tos. En su garganta o en su boca se produjo un sonido chirriante, tan inhumano como el crujido de un armario. Uno de esos ruidos que causan terror, precisamente porque no sabemos si es o no es un alma quien los produce.

Cuando nos describen el infierno siempre imaginamos un antro, un agujero profundo en las entrañas de la tierra, negras e infranqueables; en cambio, el cielo se concibe más bien como una inmensidad vaga e ilimitada. Pues bien, en ese momento, yo me hundí en una inmensidad de miseria, oscura como el infierno e ilimitada como el cielo. Pero es inútil querer decir cómo fue, más bien diría que sentí de pronto que todo iba a dejar de ser.

Me dejé caer en el sofá, de bruces, y escondí la cara entre los almohadones. Quería impedir que se oyesen desde fuera mis sollozos y me enloquecía su estruendo.

No sé cuánto tiempo pasé así, ni sé por qué de pronto levanté la cabeza. Don Daniel estaba apoyado en el quicio de la puerta: mi llanto se cortó en seco.

De su semblante habían desaparecido por completo la crueldad, la inhumanidad y la ironía; sólo estaba presente lo otro, lo horrible, lo indefinible.

Entró y cerró la puerta detrás de sí; parecía que no podría hablar, porque tenía los labios entreabiertos, pero los dientes apretados unos contra otros; sin embargo, dijo:

–¡Te voy a matar, te voy a matar!

Ahora es muy otra cosa lo que me queda por decir. Si pudiese seguir llenando páginas con los detalles olvidados de imágenes o de pensamientos, eso significaría que la vida continuaba; pero no, no continúa.

Contar esto otro, temo que sea superior a mis fuerzas, temo que sea demasiado difícil para mí, que no consiga demostrar de un modo enteramente claro cómo son las cosas imposibles, cómo se puede vivir dentro de su atmósfera, sabiendo que de un momento a otro van a explotar y todo va a hacerse añicos.

No, no; tengo que cambiar de método. Es estúpido querer describir una fiebre alta; basta con decir los grados que llegó a alcanzar. Basta con contar las cosas que sucedieron, una tras otra, pasando deprisa por ellas, hasta el fin, y se acabó.

Al día siguiente no sucedió nada; de mí no hay por qué hablar. No fui a ver a Luisa por la mañana, no fui y nada más: sin más explicación. Por la tarde fui, pero no subí, del mismo modo. Sin embargo, al otro día –pues llegó el otro día– tampoco fui a ver a Luisa, pero ya pensé que no había ido y que el ir, si es que llegaba a ir al día siguiente, era algo sólo comparable a lo que sería ir caminando a la orilla del río, y, en vez de seguir a lo largo, torcer de lado y descender hasta el fondo. Eso es prácticamente posible, pero ¿quién podría hacerlo?

Al día siguiente, tampoco fui a ver a Luisa. No fui por la mañana ni subí por la tarde, pero, claro está, la obsesión de verla y el convencimiento de la imposibilidad de verla abarcaban el día entero, el día y la noche, y lo destruían todo.

Destruían hasta la facultad de comprender las cosas más sencillas. Yo había tenido siempre, desde muy pequeña, por naturaleza, la condición de poder descubrir por una palabra cazada al vuelo cualquier trama o maquinación complicada de las gentes. Pues bien, al cuarto día oí por el pasillo de mi casa aquellas inmundas reflexiones que el ama iba haciéndose y no comprendí.

¿Qué hubiera hecho si hubiera comprendido? ¿Qué hubiera podido poner en salvo? Nada, ya no era tiempo.

Y de pronto, recuerdo algo que me parece trivial

comentar, interrumpiendo el relato de los hechos escuetos que me proponía. Sin embargo, aunque parece una fantasía, un entretenimiento como los anteriores, demuestra que yo comprendía ya en aquel momento la inutilidad de comprender.

Todo aquel cuarto día me acompañó una idea fija. De pronto, me pregunté: ¿Por qué será que no ve uno nunca por el campo pájaros muertos, conejos muertos, ratones u otros bichos pequeños? Y en seguida encontré la respuesta: Porque esos bichos no viven más que mientras tienen fuerzas para huir de sus enemigos; en cuanto pasa un cierto tiempo caen, sucumben, porque están rodeados de peligros por todas partes.

Pensaba en los pájaros y en los conejos. Me parecía que me refugiaba en esta idea para no pensar en otra cosa, para quitarme las otras ideas de la cabeza. Pero no: pensaba en esto para comprender que en un cierto momento ya no es tiempo de huir.

El quinto día no fui a ver a Luisa por la mañana, no subí por la tarde y la puerta del despacho volvió a cerrarse.

Inesperadamente, el pestillo se levantó con violencia y toda la puerta fue zarandeada un momento. Yo estaba sentada delante de la mesa. Don Daniel abrió: era mi padre.

Oí que don Daniel pronunciaba una palabra que no comprendí; sólo sentí que su acento era cortés y sereno.

Mi padre entró sin decir nada, cerró la puerta y apoyó en ella la espalda. Entonces dijo:

–Ante todo, no levante la voz.

Don Daniel contestó:

–No tengo por qué.

Quisiera transcribir aquí letra por letra todas las palabras que sonaron allí dentro, pero ¿cómo podría transcribir los silencios?

No era posible saber cuál de los dos era dueño de la situación. Mi padre estaba allí, quieto, lleno de una decisión que nadie ni nada podría torcer. Don Daniel, firme en una serenidad que parecía poder soportarlo todo. Y de pronto, una pequeña desviación de su mirada, un movimiento ligero, me hizo temer que le faltasen fuerzas; pensó que yo estaba allí; quiso indicar a mi padre que me hiciese salir, pero vio que mi padre no iba a escucharle y no dijo nada; recobró la serenidad.

Mi padre empezó a decir cosas tan extrañas. Me pareció en el primer momento que no estaba en el uso de sus facultades, pero sí lo estaba; sólo que empezó hablando como si siguiese un discurso interrumpido. Dijo:

–Cuando uno ha hecho ya una cosa una vez en la vida no la repite. No, no hay cuidado de que la repita.

Don Daniel le escuchaba callado; mi padre siguió:

–Yo podría perfectamente hacer lo que usted está pensando, pero no voy a hacerlo. Ya sé lo que es eso: lo hice hace diez años y me quedé aquí solo –daba con la muleta en el suelo–, aquí solo, de pie. ¿Cree usted que voy a repetir la suerte?

Don Daniel no contestó.

–Esta vez le toca a usted. Me voy a permitir esa satisfacción. Es muy fácil; desde mi casa, sin moverme, le voy a ver a usted salir de aquí con todo el cortejo: con el deshonor, con el escándalo, con un golpe bien asestado, de esos que le parten a uno por el eje para todo el resto de su vida. Es muy fácil, no tengo más que pedir su destitución por...

Creo que mi padre pronunció una palabra más, pero no pude oírla, porque la voz de don Daniel, guardando un tono comedido, le atajó tan cortante que borró lo que mi padre estaba diciendo. Exclamó:

–¡Haga usted salir de aquí a Leticia!

Mi padre no se movió, no volvió siquiera la cabeza hacia mí; dijo solamente:

–No me interrumpa.

Pero le había interrumpido; quiso recomenzar y siguió implacable, pero no tan arrollador como antes:

–Tengo hasta la satisfacción de que va usted bien acompañado. Usted no tiene el recurso de irse al Riff, usted lleva arrastrando a otros tres, que lo van a pasar tan mal como usted mismo.

Aquello, que era tan horroroso como uno de esos suplicios que acaban por provocar los gritos o las convulsiones de la víctima, pareció extender sobre la frente de don Daniel una gran paz. Fue tan visible el movimiento de sus cejas indicando la inutilidad de todo ataque, que la violencia de mi padre descendió aún otro grado.

Siguió hablando; creo no haber perdido nada, o más bien, creo haber podido reconstruirlo todo, porque en aquel momento yo no era más que como un residuo, como una de esas plantas que se arrancan de la tierra en invierno y se tiran a la cuneta y se quedan allí muertas y heladas.

Mi padre dijo:

–Supongo que no lo pondrá usted en duda.

El tono era como interrogante, y se calló un rato, dejando un margen a la respuesta.

Don Daniel se hizo esperar y no respondió acorde; empezó a decir él, como por su cuenta:

–Yo no sé cómo procedió aquella vez, pero me imagino que le dejaría usted al otro tener un arma en la mano.

–Por supuesto, tenía un arma –dijo mi padre.

–Entonces, deme usted derecho a emplear unas cuantas palabras.

Mi padre alzó los hombros, concediendo con indiferencia. Don Daniel meditó todavía un poco y al fin dijo:

–Es comprensible su actitud; me explico que ese plan que usted ha trazado sea lo único que pueda satisfacerle. Lo que le voy a decir no es una advertencia ni un consejo, de ningún modo; es eso, en fin, en dos palabras: lo que usted se propone no puede ser.

Mi padre quiso indignarse, casi gritó:

–¡No he visto un cinismo mayor!

Don Daniel repuso:

–Usted sabe perfectamente que lo que está viendo no es cinismo –y siguió, porque mi padre no pudo contestar con rapidez–. Si usted, cuando salga de aquí, reflexiona siquiera media hora, verá que todo lo que acaba de exponer no es factible. Está todo planeado con refinamiento, no ha escatimado usted nada para darle caracteres horrorosos, pero no ha pensado en que puede haber algo que lo haga imposible.

Mi padre estaba desconcertado por dentro, pero no lo demostraba, y como no encontraba respuesta, ni daba con el enigma que se le proponía, optó por callar, haciendo como que esperaba el final.

Don Daniel dijo:

–Cuando salga usted por esa puerta, un poco de tiempo después lo comprenderá.

Al decir esto señaló a la puerta, y mi padre, como obedeciendo sin querer a la indicación, se despegó de ella. Inició un movimiento lento y trabajoso, intentando equilibrarse en las muletas, como para ponerse en marcha, pero entonces don Daniel le detuvo con el gesto.

–Quería decirle todavía –empezó–. Bueno, es innecesario, porque también esto el tiempo lo va a demostrar, sólo que yo quiero decir que tengo la seguridad de ello antes de que sea demostrado por nada. Me refiero a la importancia en el porvenir... Hay una palabra que no quiero ni pronunciar; pero, en fin, si digo el porvenir moral, quiero decir el futuro desenvolvimiento... Sobre ese punto yo sé muy bien que no hay nada que temer.

Entonces fue cuando mi padre exclamó:

–¡Es inaudito, los días que me queden de vida no me van a bastar para repetirlo! ¡Es inaudito, es inaudito!

Don Daniel siguió:

–Reflexione sobre lo que le he dicho. El hecho es tan desmesurado que no cabe en sus planes, por perfectos que sean. Tiene que resolverse por sí mismo. Reflexione en esto, coronel, piénselo siquiera media hora.

Mi padre repetía la misma palabra en voz baja, y ya separado de la puerta, dio unos cuantos pasos indecisos, como queriendo justificar con la torpeza de sus pies la desorientación de su cabeza.

Don Daniel, en cuanto vio libre un pequeño espacio, con un movimiento de rapidez indescriptible me cogió por el brazo casi junto al hombro –creí que el brazo iba a desprendérseme del cuerpo–, abrió la puerta como medio metro y me lanzó fuera.

El impulso de su mano fue como si me hubiese llevado en vilo hasta casa: no sentí el suelo bajo los pies.

Entré por la puerta del huerto, pero no pasé por la cocina; subí por una escalerita que daba al mirador y éste comunicaba con el pasillo de arriba. Me metí en mi cuarto y cerré por dentro con llave.

Escuché un rato; la criada me había visto desde el fondo de la cocina, pero nadie subió detrás de mí. Había un silencio como si la casa estuviese sola. Miré por detrás de los cristales del balcón; aún no habían empezado a encenderse las luces, pero, a pesar de la oscuridad, distinguí a mi padre que doblaba la esquina. En cada paso que daba procuraba abarcar un gran espacio, pero luego titubeaba antes de dar otro y así venía avanzando trabajosamente. Yo le miraba con fijeza, haciendo por adivinar en sus movimientos el estado de su ánimo. La acera por donde él venía quedaba muy en sombra, y por encima de las casas se veía un cielo transparente que me obligó a detener en él la mirada. Y me pareció que en medio de su quietud estallaba algo como una pompa. Fue un pequeño estampido, lejano y tan breve, que se preguntaba uno si podía tener realidad una cosa tan sin tiempo. Paseé en un momento los ojos por todo el espacio que podía abarcar, buscando una huella, una comprobación: todo seguía en la misma quietud; sólo abajo mi padre en la acera titubeaba aún más. Se volvió y desanduvo unos cuantos pasos; se paró a escuchar, dio de nuevo un paso hacia casa y volvió a detenerse. De pronto echó a andar desatalentadamente, como pasando por encima de todas sus molestias, como atropellándose a sí mismo y entró en el portal; la casa entera retumbó del portazo cuando se metió en su cuarto.

Se volvió a hacer el silencio, y fuera siempre una quietud completa; de pronto pasó un hombre corriendo hacia la derecha, y a poco otro detrás de él; cuando ya iban lejos se alcanzaron, se dieron palmadas en la espalda: eran mozos que iban jugando. Todas las luces se encendieron y entonces me fue más difícil ver en el primer momento. La calle parecía mucho más oscura, con un punto brillante en cada esquina.

Pasó un coche que parecía venir de fuera y que se paró al doblar la calle de al lado, junto a la tapia nuestra, pero no oí más. Seguí mirando por el cristal, estudiando las figuras de mujeres apresuradas que pasaban bajo las luces, sin darme tiempo a sorprender en sus actitudes si iban a algo, si sabían algo.

Empecé a oír voces en el portal, varias voces, todas cuchicheando y confundidas unas con otras. Sólo pude distinguir que entre todas aquellas gentes mi tía Aurelia lloraba, pero no lloriqueaba como otras veces: lloraba ahogadamente, profundamente. Ya no necesité saber más, pero no pude llorar; esperé aún el milagro.

La puerta del cuarto de mi padre volvió a sonar con fuerza y volvió a hacerse el silencio en el portal; me senté en el borde de la cama.

¿Me callé por cobardía, por indiferencia? No, sólo porque sabía que lo que hubiera querido hacer no era posible. No habría conseguido llegar a ningún sitio; si hubiera salido a la puerta, cualquiera, una de mis criadas, un hombre de la calle habría podido pisarme como a un ratón.

Permanecí en silencio en el cuarto semioscuro.

Volvió a sonar la puerta del cuarto de mi padre y esta vez suavemente. Unos pasos cruzaron el portal y empezaron a subir la escalera; unos pasos de hombre que subía deprisa, con agilidad. Pensé y viví en aquel momento una alucinación tan poderosa como debe ser el espejismo en el desierto: era la esperanza, que se agolpaba en mi corazón a medida que los pasos se acercaban a la puerta. Al fin, un par de golpes con los nudillos y una voz llamándome por mi nombre. Reconocí en seguida la voz: era mi tío Alberto. Insistió:

–Abre en seguida, abre en el acto.

Abrí. Entró y empezó a mirar por todas partes. Me dijo nada más:

–Vamos, date prisa; te vienes conmigo.

Se abalanzó a un cesto de costura que había en un rincón y lo volcó sobre la cama; después abrió un cajón y echó en el cesto un puñado de cosas, siempre diciendo:

–Vamos, no pierdas tiempo, ponte un abrigo.

Cogió del armario unos cuantos vestidos y se los echó al brazo. Me sacudió un poco porque yo no reaccionaba; casi me arrastró hasta la puerta; allí me dijo, con un gesto cariñoso:

–Ahora, silencio: ya hablaremos tú y yo.

Bajamos por la escalerilla del mirador, porque mi tío había dejado el coche junto a la puerta de detrás. No encontramos a nadie a nuestro paso; nos metimos en el coche y echamos a andar hacia Valladolid.

Podría dar por terminado el relato. Estamos ya en el mes de marzo. Han pasado cinco meses y mi vida en este tiempo me es tan ajena como la de cualquier vecino de la ciudad, cuyo idioma casi desconozco.

Recuerdo que, al empezar este cuaderno, hice ciertos planes de conducta en oposición con el ambiente: he faltado a todos. He estudiado con Adriana y me he dejado deslizar por la nieve como los demás.

Mi tía Frida sigue creyendo que soy una buena chica; tanto ella como su marido se han impuesto como misión el convencerme de ello.

Ya en Valladolid, la noche que pasé en el hotel, en el cuarto de al lado de mi tío, donde me tuvo escondida hasta la hora de tomar el tren para que la cosa no trascendiese hasta casa de mi abuela, estuvo haciendo por animarme con una persuasión que iba en ese sentido. Me repetía continuamente: «Tú no tienes la culpa de lo que ha pasado: eso tenía que pasar, si no hubiera sido por esto, habría sido por otra cosa. En fin de cuentas, el único responsable es tu padre por no haberte puesto desde hace tiempo en un ambiente adecuado», etcétera.

Yo le miraba en silencio y me preguntaba por dentro: ¿Qué pasaría si yo le dijese ahora que me da asco oírle? ¿Qué pasaría si le diese una patada? Que me volvería a llevar a Simancas, y no, no tengo fuerzas para descender lentamente hasta el fondo del río.

Al mismo tiempo, veía que su intención era buenísima, que había hecho y seguiría haciendo todo lo que se podía hacer por salvarme, pero es que me parecía degradante dejarme salvar, sabiendo que no merecía ser salvada. Sin embargo, me dejé.

Él creyó que me había reconfortado y me aconsejó que durmiese para no emprender el viaje tan cansada. Al marcharse a su cuarto, me enseñó su billete, que ya tenía sacado desde el día antes. Me dijo:

–Venía de sacarlo en el momento en que Aurelia me telefoneó pidiendo socorro.

Y añadió, con esa vanidad de las gentes que están seguras de saber arreglar los asuntos:

–Anda, que si no llego a estar yo aquí, te habías caído, pichona.

Es maravilloso llorar en un cuarto donde entra la luz del pasillo por el montante de la puerta y se puede estar viendo una de esas perchas de Vitoria de ganchos retorcidos, o también en las literas del tren, junto al techo, cerca de la lucecita azul, oliendo el humo que entra al pasar los túneles y sintiendo la trepidación que le mece a uno como si el tren fuese un ser muy poderoso que corriese llevándole a uno en brazos.

Todo esto es maravilloso, pero es repugnante que todo esto se le ofrezca incluso a la criatura más vil. Aunque no sé si encontrarlo repugnante es no querer comprender la misericordia de Dios.

¿Será que no la comprendo? No sé; creo que si alguna gratitud existe en mí, existe sólo en forma de fuerza bruta. Es algo irracional, algo así como la salud. Cuando siento el frío en los carrillos, cuando corro con Adriana por la nieve o por entre los árboles oscuros que cubren estas laderas, me invade una especie de bondad que casi me hace sonreír extasiada ante las cosas hermosas.

De pronto me acuerdo... No, eso no lo escribiré.

Describí todos mis sentimientos sublimes hasta que desembocaron en aquello, porque para eso lo hice: para que se viese dónde fueron a parar. De lo de ahora no quiero decir nada, no quiero que resulte conmovedor mi sufrimiento; al contrario, si sigo escribiendo es sólo porque no quiero pasar por alto esta red de detalles grotescos que se teje alrededor mío, para mi bien.

A mi tía, con sus estudios arqueológicos por el Mediterráneo, le gusta mucho enseñarme a sus amigas. Vienen generalmente unas cuantas a tomar el té con ella, junto a la chimenea, y luego hacen *tricot* y charlan todas a un tiempo. Cuando llegamos Adriana y yo de la calle, al quitarme la caperuza, todas elogian mis bucles, que ellas llaman negros. Hay una que me llama siempre «Mignon», y un día me dijo que tenía que enseñarme unos versos que empiezan: «¿Conoces el país donde florece el naranjo?».

Mi tía, con esto, encontró ocasión para explicarles las diferencias que hay entre Italia y España, y les dijo también que yo no soy ni mucho menos un tipo del sur, que en la región donde yo he nacido no hay naranjos, pero que hay un castillo maravilloso lleno de documentos.

Entonces yo me marché de la habitación, después de decir a la señora que tengo muy mala memoria para aprender versos, y Adriana vino detrás de mí, encantada de celebrar que fuese capaz de decir una mentira semejante.

Cuando todas se marcharon, fui a sentarme junto al fuego en el poyo de la chimenea. Adriana preparaba sus lecciones y yo me estuve allí largo rato, comiéndome las rebanadas de pan que habían quedado del té. Mi tío llegó y le dijo algo a su mujer que en seguida me hizo prestar atención. No podían verme, porque me ocultaba una enorme butaca que había delante de mí. Hablaban de una carta de España y se acercaron a una lámpara para leerla. No sé de quién era la carta, probablemente de una de mis tías. Mi tío dijo: «Han hecho bien, la pobre Aurelia no podía más».

En lo que habían hecho bien era en quitar la casa de Simancas.

Entonces empezó a explicarle a mi tía que ya *la otra vez* también se había ido mi padre a la finca de Margarita Velayos; había estado allí unos meses hasta que se había ido a África, y ahora, sabe Dios hasta cuándo. Y volvieron a comentar que lo único acertado había sido deshacer la casa. Esto era lo que más les tranquilizaba. Ahora, ya cada uno de nosotros tres por separado, éramos menos peligrosos; de lo demás, ni hablar. Ni un comentario, ni una alusión al drama que había determinado todo aquello. Pero yo sabía muy bien lo que pensaban: pensaban que si no hubiera sido por aquella causa habría sido por otra.

Mi tía, además, dejaba bien sentado que, en parte, ella lo había previsto todo. Repetía: «Ya te lo dije yo desde un principio; aquello no podía ser, aquello era cosa de locos. Aquello no podía ser, no podía ser».

Y no se daban cuenta de que lo que no podía ser estaba detrás de la butaca.

No sé si era la cólera o la amargura lo que me llenaba los ojos de lágrimas. Me parecía que ya, en los días de mi vida, no volvería a sentir nada a lo que se le pudiese llamar en una u otra forma amor.

Después, pensé que acaso aquello que yo llamaba

la fuerza bruta fuese lo único seguro que me quedaba. Entonces empecé a bostezar y a sentir unas ganas locas de dormir profundamente. No había dejado de comer rebanadas de pan negro a pesar del llanto.

Salí tranquilamente del rincón, y, aunque se asombraron, creyeron que lo mejor era no darle importancia, que lo mejor era suponer que yo no había oído nada.

Dije que estaba cansada y que quería irme a la cama; nadie se opuso.

Al entrar en mi cuarto me acordé de que al día siguiente era el 10 de marzo. Miré la rama de hiedra que subía por el marco de la ventana y había crecido lo que yo tenía calculado.

VIDA Y OBRA DE ROSA CHACEL

De todos los destinos literarios de la España del siglo XX, el de Rosa Chacel es el más desproporcionado, el más injusto, el más singular. Lo primero, porque no existe relación alguna entre la admirable y profunda grandeza de la obra y su escasa y tardía difusión; lo segundo, porque no hay otro caso de persistente ceguera de crítica, público, y organismos oficiales y privados que pueda comparársele; lo singular, en fin, porque no tiene pareja, ni grupo ni escuela que pueda servirle de contraluz, sobre el cual proyectarla o establecer comparaciones. Esta individualista tenaz ha seguido su larga vía regia sin apoyarse en nadie: una extensa y trabajosa vida de penurias económicas interminables, con el único aliciente secreto de *saber quién era*, lo que impidió siempre que las crisis de justificado desaliento se convirtieran en claudicación. En la frontera de los noventa años, Rosa Chacel sigue escribiendo. Más aún: en el último tercio de esta trayectoria casi secular hay que incluir las mejores, las más densas, las más deslumbradoras de sus páginas.

*

Rosa Clotilde Chacel nació en Valladolid el 3 de junio de 1898, un año antes que Jorge Luis Borges y Vladimir Nabokov, dos o tres después que los padres ortodoxos y heterodoxos del surrealismo (Breton, Eluard, Artaud...), año más año menos que la mayoría de los integrantes de la fastuosa «generación del 27», entre una década y dos antes que los «mandarines» de París (Sartre, Beauvoir, Merleau-Ponty, Camus...), entre dos y tres antes que algunos de los más conspicuos representantes del estructuralismo y el «nouveau roman». La ejemplificación sirve no sólo para señalar que Chacel es contemporánea de ciertos movimientos y personalidades clave en la evolución del pensamiento y la palabra de este siglo, sino que –a pesar del aislamiento que su biografía y acaso su carácter le impusieron– también fue precursora de algunos de ellos (se han señalado los paralelismos entre la chaceliana *Estación, ida y vuelta* y *La náusea*, de Sartre o *La modificación*, de Michel Butor, publicadas ocho y veintisiete años después, respectivamente).

En todo caso, en las postrimerías del siglo XIX es cuando empieza la trayectoria vital de esta hija de unos «padres ingenuamente progresistas» –como ella misma dejó escrito–: el período vallisoletano que quedará reflejado en esas memorias de infancia que son *Desde el amanecer* (1972), uno de sus libros más explícitamente autobiográficos.

En 1908 la familia se traslada a Madrid, ciudad en la que Chacel vivirá su adolescencia y primera juventud, estudiará escultura en la Escuela Superior de Bellas Artes de San Fernando, y compartirá las apasionadas investigaciones estéticas y vitales de aquel grupo unido «como un sistema que el amor presidía», que evocará en las densas páginas de *Acrópolis*, sesenta años más tarde. Aquellos son también los tiempos de las largas estancias en Roma, en los que soñará sus *Novelas americanas* que nunca nacerán, aunque sus fragmentos acaben convirtiéndose –mundo y esfuerzos adelante– en la lección de taller literario, en el convicto y confeso cajón de sastre (un género apasionante y sobrecogedor, para el que son necesarias secas dosis de valentía, desgarro y lucidez, y del que tan huera y despojada anda nuestra literatura) que son las *Novelas antes de tiempo*, un libro que Chacel deplora –por el riguroso pudor y el perfeccionismo ascético que la caracterizan–, y que es sin embargo un alto modelo de modestia creadora, tanto como un lúcido desmenuzamiento de los vericuetos, los callejones sin salida, las vueltas en redondo, las cimas y las simas de la creación.

Por entonces es también el inicio de su relación con el pintor Timoteo Pérez Rubio, que será su marido y compañero de más de medio siglo de exilios y trabajos. En Roma, en el invierno de 1925 a 1926, escribe *Estación, ida y vuelta*, su primera novela, aunque –por esa constante de añejamiento y solera, de decantación alquímica que acompañará a la elaboración de toda su obra– no la publica hasta 1930, año de su ingreso oficial en la literatura y también de la experiencia de la maternidad, ya que en él nace Carlos, su único hijo (en otro lugar y con más espacio, habrá que hacer alguna vez el análisis de la pasión unívoca de Rosa Chacel, de ese incesante magma de literatura, eros y maternidad, vivido como un todo orgánico, la intensidad de cuya propuesta sólo puede limitar con lo sagrado: contrafigura terrenal de la Afrodita celeste, de la Magna Mater, Rosa remendona y zurcidora de calcetines y palabras; a un tiempo ama de casa, fregona, literata: cabeza de Minerva entre pucheros).

En esos años –los últimos veinte, los primeros treinta– la escritora disfruta asimismo del magisterio y la amistad de figuras centrales de la *intelligentzia* española: José Ortega y Gasset y Juan Ramón Jiménez –que escribirá sobre ella en *Españoles de tres mundos*–, entre los principales. Es Ortega, precisamente, quien la invita a participar de un proyecto que comenzaba a ponerse en práctica con el sello de Calpe: la colección «Vidas extraordinarias del siglo XIX», una serie de rescate, a caballo entre la biografía y la novela. Rosa Chacel se decanta claramente por la segunda instancia, y se mete a inventar –ya que pocos datos y generalizaciones es todo lo que le ofrece la historia comprobable– la vida de Teresa Mancha, la amante de Espronceda, cuyo vago perfil nos ha llegado a través del célebre *Canto* del poeta. En 1930 aparece el primer capítulo en la orteguiana *Revista de Occidente*, pero la morosidad de su autora no le deja concluir el libro hasta comienzos de 1936, de modo que –guerra civil por medio– *Teresa* no verá la luz hasta 1941, y en Buenos Aires. Ese mismo año del inicio de la devastadora experiencia española, Chacel publica su segundo libro: los sonetos de *A la orilla de un pozo*.

Con este magro currículum, cuarenta años de edad y un hijo de nueve, deberá afrontar el exilio.

Del otro lado

Como tantos, Rosa Chacel cruza la frontera francesa en 1939: no regresaría a España, en una tímida primera visita, hasta cerca de un cuarto de siglo después.

Luego de la obligada etapa exploratoria de unos meses en París, Chacel decide «cruzar el charco» y en 1940 se instala en Río de Janeiro: entre esta ciudad y Buenos Aires transcurrirán los siguientes veinte años de su vida. La «cabeza de Goliat» argentina comienza entonces el despliegue de lo que sería el período intelectual y creativo más brillante de su historia, con epicentro en los primeros sesenta, y que la convertiría durante algo más de un cuarto de siglo en la capital indiscutible del mundo de habla hispana: el lapso que va del fin de la segunda guerra mundial a la efímera primavera camporista de 1973. No obstante, los componentes de rastacuerismo y medio pelo (esa timidez y autodesprecio disfrazados de delirio de grandezas), los fallos genéticos que propenden al crecimiento a trompicones en las sociedades de tipo aluvional, impidieron al modelo argentino estar a la altura de su presumible destino. Como el polaco Witold Gombrowicz, Rosa Chacel fue víctima de la soterrada tensión entre el esnobismo servil por lo remoto y la estulticia rencorosa ante lo cercano («no estaría aquí si fuese tan bueno»). La sociedad literaria porteña no podía dejar de ofrecerle las páginas de *La Nación* o de *Sur* (después de todo, era discípula de Ortega), pero sólo le entreabrió la puerta: algunos de los mejores libros escritos en castellano en esos años –bastaría pensar en *La sinrazón* para saber de lo que hablo– pasaron poco menos que inadvertidos para la crítica y el público, y su autora conoció penurias incontables y perdió un tiempo precioso en la hosca pelea del sobrevivir.

Teresa (1941), *Memorias de Leticia Valle* (Emecé, 1946), los relatos de *Sobre el piélago* (1951) y *La sinrazón* (Losada, 1960) fueron publicados sucesivamente en Buenos Aires. Antes de su primer regreso a España, Chacel cumplió el sueño de pasar por México (septiembre de 1959), camino de los dos años durante los que se radicaría en los Estados Unidos, a causa de la concesión de una beca de la Fundación Guggenheim, que entonces se cumplía en régimen de residencia. De su etapa mexicana surgirá la publicación de su segundo libro de relatos (*Ofrenda a una virgen loca*, 1961) y del inquietante *Tertulia en el bar Himeto*, en la revista *Literatura*.

Un primer regreso a España, seguido de una dificultosa recalada francesa, en 1962, prólogo de una permanencia más larga, a mediados de la década, no parecen servir para enterar a nadie de la presencia y la vigencia de Rosa Chacel. Un grupo de fervorosos, desconocidos y jovencísimos cachorros de escritor –Ana M.ª Moix, Guillermo Carnero, Pere Gimferrer–, son sus valedores, pero el interés de editoriales y críticos pasa en esos momentos por la aparición de Luis Martín Santos, Juan García Hortelano, Rafael Sánchez Ferlosio –el grupo de los apresuradamente definidos como «nuevos realistas»–, que aportan de repente una insólita cantidad y calidad de obra a la larga y raquítica noche de la literatura española. Sobre llovido, mojado: en el decenio siguiente (1965-1975) el vigoroso «boom» de la narrativa hispanoamericana no deja lugar a nada más, dando a conocer a media docena de grandes autores tras los cuales navega un cardumen de escritores hispánicos –de ambos lados del común océano–, que tapan todos los resquicios publicables de lo édito y de lo inédito.

No hay lugar –una vez más– para esta solitaria genial, para esta tenaz trabajadora que no tiene otra herramienta que su talento y la secreta convicción de su grandeza.

De este lado

La coraza de indiferencia admite algunas fisuras a comienzos de los setenta, con la publicación de dos libros de ensayos (*La confesión*, 1971; *Saturnal*, 1972, el cumplimiento de su larga deuda con la beca Guggenheim que Chacel, caso excepcional, se considera obligada a saldar), de la autobiografía de sus años de infancia (*Desde el amanecer*, 1972), y de la recolección de sus dos libros de relatos, a los que se suman otros textos inéditos o sólo publicados en revistas, bajo el título común de *Icada, Nevda, Diada*, obra excepcional que no sólo contiene algunas de las claves más importantes para acceder al «sistema poético» que es, en definitiva, la larga y fecunda relación de su autora con la palabra, sino al menos un par de relatos –el que da título al libro, o «Sobre el piélago»– que bastarían para asentar definitivamente una reputación literaria (el último de los citados lleva casi cuarenta años esperando lectores o críticos que lo merezcan).

Pero es necesario esperar al regreso más o menos definitivo de Rosa Chacel –en 1974, merced a la concesión de una beca de la Fundación March– y al subsiguiente éxito de *Barrio de Maravillas* (primer volumen de una trilogía, que la escritora inicia cercana a los ochenta años), que obtiene, ¡finalmente!, el Premio de la Crítica 1976, para que sus publicaciones se sucedan, a un ritmo que no deja de ser insólito, aunque se sepa que Chacel no renunció jamás a su vocación: ha escrito siempre, con el mismo rigor y certidumbre con los que sigue haciéndolo todavía.

En 1978 aparecen los poemas de *Versos prohibidos*; en 1980, *Timoteo Pérez Rubio y sus retratos del jardín*, un estudio biográfico sobre su marido, muerto poco antes; en 1981, *Novelas antes de tiempo* –que incluyen los fragmentos comentados de las inconclusas «Suma», «La fundación de Eudoxia», «Margarita (zurcidora)» y «El pastor», y los bocetos de lo que hubieran sido «Yo soy Bot» y «Parecerá un día»– y los ensayos críticos *Los títulos*; en 1982 los dos gruesos volúmenes de *Alcancía* (*Ida*, 1940-1966; *Vuelta*, 1967-1981), un extracto acaso demasiado recoleto de sus diarios; en 1984, *Acrópolis*, segundo tomo de la anunciada trilogía.

Con la década de los ochenta, parecía pues haber llegado el momento de la «consagración» de Rosa Chacel. Pero no fue así: a mediados de ella tuvo que hacer pública su decisión de regresar a Brasil, porque su situación económica era muy precaria. Algún organismo –no recuerdo si de Educación o Cultura– impidió ese bochorno colectivo para España con un oportuno remiendo. Pero la situación, de fondo, siguió siendo la misma: la anciana más ilustre de este país continúa viviendo en la precariedad, sin que nadie –institución o persona, de entre quienes pueden–

haya hecho todavía el gesto oportuno para asegurarle el reconocimiento definitivo, la seguridad y el decoro que tan largamente merece.

De memoria y olvido

En el prólogo a la edición andorrana de *La sinrazón* –que yo sepa, no existe todavía una edición española de esta obra mayor de nuestra literatura–, escrito a fines de 1969, se sorprendía Julián Marías de la necesidad de hacer una presentación de Rosa Chacel para lectores hispanos, e imaginaba que tan descomunal pifia informativa y cultural se encontraría en trance de concluir. Con toda justicia y sin la menor hipérbole, aseguraba a sus eventuales y despistados lectores que Chacel «se cuenta entre los más admirables escritores de un siglo admirable; pero mayor interés aún tiene el añadir que no tiene equivalente, que no se la puede cambiar por otro, lo cual significa que sin ella nuestra literatura, la de lengua española, queda incompleta».

Hay que leer las páginas finales de *Alcancía*, hay que asombrarse ante el proyecto de definitivo exilio que estuvo a punto de realizarse, hay que recordar que ni la Real Academia de la Lengua, ni el premio Nacional de Literatura, ni el Cervantes, ni el Príncipe de Asturias han merecido todavía a Rosa Chacel, hay que hacer el esfuerzo de imaginación de aceptar tristemente que todo esto es verdad, para comprender que las justas y lógicas expectativas de Julián Marías no se han cumplido. El éxito de público –esa coquetería de la mercadotecnia que sólo eventualmente coincide con la calidad de una obra– no es exigible, pero la respuesta de las instituciones que pueden y deben –a fondo perdido– representar el reconocimiento de todos los españoles a sus mejores contemporáneos, sí.* Cuando Rosa Chacel regresó a España, todavía quedaban –frágiles y luminosos– algunos representantes (Guillén, Aleixandre...) del «siglo admirable» del que hablaba Marías. Ahora, desaparecida la totalidad de sus pares, ella es la más alta figura viviente de la literatura española.

Que no se repita en voz alta, a cada rato, es una vergüenza que nos incumbe a todos.

ALBERTO COUSTÉ
Barcelona, septiembre de 1987

* A punto ya de iniciarse la impresión de esta obra, Rosa Chacel ha sido galardonada con el Premio Nacional de las Letras Españolas. ¡Nuestra enhorabuena! *(Nota del editor.)*

ÍNDICE